滄海叢刊

「時代」的經驗

汪琪
彭家發 合著

1986

東大圖書公司印行

行政院新聞局登記證局版臺業字第〇一九七號

中華民國七十五年三月初版

「時代」的經驗

基本定價貳元捌角玖分

著作者 汪琪 彭家發

發行人 劉仲文

出版者 東大圖書股份有限公司

總經銷 三民書局股份有限公司

印刷所 東大圖書股份有限公司

臺北市重慶南路一段六十一號二樓

郵撥：〇一〇七一七五—〇號

著　者　序

由於經濟穩定成長以及某些社會的內在因素，這幾年雜誌的競爭，相當劇烈。無論是消閒、科技、政論，抑或是財經、管理和一般綜合性雜誌，都在陸陸續續地創刊，並且大都能「穩住」陣脚。辦雜誌似乎已經不是一件害人的事了！

不過，若從媒介的整體結構來看，除了少數幾家較大型的雜誌外，大多數所謂的「雜誌社」，似尚欠缺一種生根的「動力」。要想改善這一缺點，參考某些成功雜誌社的作法，似乎是一條可行的捷徑。

提到雜誌的發展，相信大多數人都不能否認，「時代週刊」是一份辦得相當成功的新聞雜誌。雖然近年來，「時代」惹上了不少麻煩，但它的創立、成長、運作以及經營之經驗，對於有意於雜誌事業的人，應相當具有參考價值。

本書原係奉張任飛先生之命而寫。目的是以在「時代」的那段實習經驗，旁及其他參考資料，具體提鈎「時代」的「內涵」，藉供國人在辦雜誌時作「腦力激盪」。本書初稿早在數年前便已完成，但因著者本身工作變動，始終未能完稿。直至近年來再度投身雜誌界，發現當初所寫，仍有相當參考價值，乃整理付梓。

在此著者要特別感謝當時在「時代」任組版編輯的查爾斯・賈克遜先生（Charles Jackson），不是他的協助，據稱一向不收「實習生」的「時代」，也不會容忍著者在各個部門間任意觀察走訪。

一生不信中國人辦不好雜誌的張任飛先生，向被傳播界譽為「中國的亨利・魯斯」，他的遠逝令雜誌界有著不可彌補的損失。希望此書的印行，能對後來者發揮一點激勵的作用。

著　　者　謹　識

民七十五年一月二十三日　臺北木柵綠漪山房

「時代」的經驗

目次

著者序

附 錄

FIFTEEN CENTS

TIME

The Weekly News-Magazine

VOL. 1, NO. 1

MARCH 3, 1923

Time

and hard usage do not affect floors finished with

Degrah

REGISTERED U.S. PAT. OFF.

Let Them Slide—
DEGRAH Won't Scratch!

BOYS will be boys—and floors are made to stand abuse. Trouble is, all varnishes *aren't*. Use DEGRAH—the bright, transparent varnish—on your floors and woodwork and quit worrying. Scratch-proof, iron-tough, proof against abuse. No other finish in the world just like DEGRAH. Made in 7 colors for Floors, Furniture and Woodwork.

If you are interested, write

KEYSTONE VARNISH COMPANY
Brooklyn, N. Y.
Chicago, Ill. Boston, Mass.

PRINTED IN U. S. A.

TIME

The Weekly News-Magazine

Vol. I, No. 1

Published weekly by TIME, Incorporated, at 9 East 40th St., New York, N. Y. Subscription, $5 per year. Application for entry as second-class matter is pending.

March 3, 1923

NATIONAL AFFAIRS

PRESIDENCY

Mr. Harding's Defeat

Seeking only the nation's welfare, Mr. Harding has suffered defeat at the hands of Congress. Not only that, but the man who was elected President by the largest plurality in history has been reproved by a Congress controlled by his own party.

The Ship Subsidy Bill, never popular, and never made so by the President, was politely strangled to death.

The wisdom of some of the most important of the President's appointments has been questioned. For example, Daugherty, Butler, Reily.

The Bonus ghost is not laid.

Nothing which has recently emanated from the White House which could be called a foreign policy has secured the united support of the President's party.

Today Mr. Harding is prepared to draw a deep breath, for Congressional politics will soon drop over the horizon. After a short holiday in Florida he will gather about him the business men of his cabinet and continue to manage the affairs of the nation, untrammeled until a new Congress rises—from the West.

• • •

In 1924

Who will be the Democratic Presidential nominee in 1924?

Before Senator Oscar Underwood sailed for Egypt last week he wrote the following sentence in a letter to a fellow Alabaman: "When I return I shall give very careful and thorough consideration to the friendly suggestions that are being made in reference to the advisability of my entering the fight for the Presidential nomination of our party."

Mr. Underwood's candidacy is being advanced by the more conservative element among the Democrats. Mr. Ford and Mr. McAdoo, both of whom may fairly be classed as progressives, have received most of the boom advertising thus far.

Democrats who do not take kindly to either Mr. Ford or Mr. McAdoo extol Oscar W. Underwood as a "second Grover Cleveland." And Mark Sullivan, dean of Washington critics, adds: "Underwood's relation to his party and public life generally is not unlike the relation of the new British Premier, Bonar Law, to British public life. Underwood, indeed, might claim not unreasonably that he is probably, on the whole, a somewhat abler man than Bonar Law. Certainly he has a greater experience in public life and in party leadership."

• • •

A New World Court

Mr. Harding and Mr. Hughes proposed that the United States join The Hague Permanent Court of International Justice. The suggestion gained the support of two men as far apart politically as former President Wilson and Ambassador Harvey.

The Court acts independently of the League of Nations. It is composed of 15 judges, chosen by the League, who serve nine-year terms. They will build up a body of law upon which to base their decisions, which will not be reviewed by the League. The decisions will not be put into effect by force, but by prestige and public opinion.

"Such action," Mr. Harding told the Senate, "would add to our own consciousness of participation in the fortunate advancement of international relationship and remind the world anew that we are ready for our proper part in furthering peace and adding to stability in world affairs."

Whether or not the plan is put into effect by this Congress or another or not at all, the multiplication of such proposals coming from our own government shows a growing sense of American discontent with isolation.

THE CABINET

Postmaster-General New

The name of Mr. Harry S. New, retiring Senator from Indiana, will be presented to the Senate for confirmation of his appointment as Postmaster General some time before that body disperses.

At the same time the nomination of Postmaster General Hubert Work as Secretary of the Interior will go to the Capitol.

President Harding has a Cabinet again. The resignation of Secretary Fall for announced reasons of ill health left a vacancy difficult to fill. When Secretary Hoover and Mr. John Hays Hammond, obvious first choices, refused the position, the President found himself in a difficulty.

Mr. New is 64. Included in his qualifications is experience as a big game hunter, as an editor, and as a soldier in the war against Spain.

• • •

CONTENTS

Foreign News

JAPAN

Kato Against the Peers

Political news from Tokio is full of ominous rumblings, but thus far the Kato government has withstood the onslaughts of the opposition. The House of Peers called upon the government, of which Baron Kato is Prime Minister, to "consolidate its diplomatic policy," describing it as "retrogressive and weak"—particularly in China. This gave the cue to the opposition in the Lower House, who brought forward a motion expressing lack of confidence in the Cabinet. Kato, however, was strong enough to defeat it by an overwhelming majority.

Kato may attempt further to strengthen his position by embracing a measure granting some extension of suffrage.

• • •

Age, Wealth, and Votes

Mass meetings everywhere have raised once more the issue of universal manhood suffrage. It is a question of age and income.

Suffrage now is limited to male tax-payers of not less than 25 years of age. The press almost without exception supports the people in their demand that younger and poorer men be allowed to vote. The Kato government has opposed the demand, but has yielded to the extent of appointing a commission.

Meanwhile Tokyo is aroused by loud clashes between the Ken-Sie-Kai party (pro manhood suffrage) and the Taisho Red Heart League (anti). And the people are at odds with the police.

• • •

Witty Hanihara

Massanao Hanihara, newly appointed Ambassador to America, has been instructed by Premier Kato, his chief, to do everything possible to cement Japan-American relations. He is to avoid questions likely to cause disagreement.

Ambassador Hanihara, arrived in Washington, is expected to present his credentials to Mr. Harding before the President leaves for his vacation in Florida.

Hanihara is known as "the witty Ambassador."

• • •

The Foundation Company announced the completion of a contract to build four miles of subway in Tokio.

AMBASSADOR HANIHARA
His Sense of Humor and his Tact are Equally Renowned and Essential

CHINA

Dr. Schurman Speaks

The American Minister to the Chinese Republic, Mr. Jacob Gould Schurman, formerly President of Cornell, delivered a smarting attack on the instability of the Government at a Washington's Birthday dinner held in Peking.

He declared that China was more divided than ever; that she had made no progress toward financial recovery; that, while demobilization of troops had been promised, recruiting went on actively. He considered China solvent and capable of discharging her financial obligations.

• • •

Dr. Sun and the British

A week ago the China sky was full of ugly black clouds: Dr. Sun Yat-Sen was reported to be on his way to Canton by way of Hong Kong. Would the British let him pass? It was doubtful.

Since Sun's arrival in Hong Kong, however, he and the British have been indulging in an orgy of compliments.

Dr. Sun strongly advised the Chinese to learn the English language and to imitate the example of good government in all China.

The British, on their part, have been feting Sun as China's long-lost savior.

LATIN AMERICA

Argentina

Mrs. H. H. Votaw and Miss Abigail Harding, sisters of the President of the United States, arrived at Buenos Aires from Montevideo. They were received by representatives of the American Embassy and the Argentine Foreign Office.

• • •

Bolivia

Bolivia has joined Mexico and Peru in declining to be present at the fifth Pan-American Conference to commence at Santiago de Chile this month. Reason: Failure to secure from Chile a promise to consider a revision of the treaty of 1904, so as to provide for an outlet to the sea.

• • •

Chile

Senators Pomerene of Ohio and Kellogg of Minnesota, ex-Senator Willard Saulisbury of Delaware, and H. P. Fletcher, U. S. Ambassador to Mexico, will go to Santiago as part of the official American Commission. Secretary Hughes has been delegated to head the delegation, but it is doubtful whether he can attend.

• • •

Mexico

A commission appointed by the Mexican Finance Minister arrived in New York from Mexico City to complete the final arrangements for the funding of Mexico's debts, in accordance with the agreement worked out by Mr. Thomas W. Lamont and signed last June.

• • •

"Popocatepetl is due for another eruption in a year's time, greater than any which have yet taken place." So says Professor Atl, celebrated Mexican geologist, whose prediction of an eruption in 1920 was fulfilled.

Popocatepetl is situated 50 miles to the south of Mexico City.

The last eruption took place in March 1921, when Professor Atl guided a party of 30 persons to visit the crater. "Pop" exhibited its proclivity for violence by killing one of the party with a shower of rocks.

• • •

At Vera Cruz striking employes of the Aguila Oil Co. are threatening to call a general strike. A general strike would cut off the fuel supply of the railroads and cripple the industry of all southern Mexico.

MILESTONES

Married: Edmund Hugo Stinnes, son of Hugo Stinnes, of Germany, to Margarete Herrmann, daughter of a former actor at the Royal Theatre, Berlin.

• • •

Married: Deputy Finzi, Italian Under Secretary of the Interior, and Signorina Clementi, neice of Cardinal Vannutelli, dean of the Sacred College, Rome. The witnesses were Premier Mussolini, Gulielmo Marconi, the inventor, and Prince Colonna. Gabriele d'Annunzio was also to have been a witness but failed to arrive in time.

• • •

Sued for Divorce: Mrs. Elizabeth Fae Furness, an American, by Thomas Furness, brother of Viscount Furness. Maurice, the dancer, is named as co-respondent.

• • •

Died: Theophile Delcasse, 71, French statesman, Nice, Italy. (See page 9.)

• • •

Died: Musammat Rukka, 25, widow of Ganga Din Ahir, 28, Italy, India. She committed suttee on the funeral pyre of her husband.

• • •

Died: Charlemagne Tower, of Philadelphia, 74, for six years Ambassador to Germany under President Roosevelt.

• • •

Died: Thomas W. Shaw, 91, London, Ont. He was the last survivor of the Light Brigade, which in 1854 made the famous charge on a Russian battery at Balaklava in the Crimean War. He was wounded in the charge and nursed by Florence Nightingale.

• • •

Died: Mme. Ben Nishimoto, 103, Kyushu Island, Japan. Her funeral was attended by 93 of her direct descendants; five children, 19 grandchildren, 57 great-grandchildren, 12 great-great-grandchildren.

• • •

Died: King Khama of Bamangwate, 87, Serowe, Bechuanaland. The son of a witch-doctor, at 12 years of age he became the protege of David Livingstone, the missionary-explorer. He was converted to Christianity, became king of the Bamangwate Nation, declared religious freedom, abolished slavery, prohibited the use of liquor. To enforce the latter decree he banished white men from his domain.

• • •

Died: Mrs. Mary Simmerson Cunningham Logan, 84, widow of John A. Logan, Union General in the Civil War. It was she who conceived the idea of Memorial Day, which was first declared by her husband as Commander of the Grand Army of the Republic in 1868. After her husband's death in 1886 she wrote several books on the Civil War, and made a valuable collection of war souvenirs in memory of her son Major John A. Logan, Jr., killed at the battle of San Jacinto in the Philippines, 1898.

MISCELLANY

"TIME Brings All Things"

"Thank God I am not a dog, a woman, or a Christian," is the prayer with which the orthodox Jew in Poland begins his day.

. . .

Allegedly, more than 1,200 holes were made in one stroke by American golfers during 1922.

. . .

After seven months of married life, a New York wife was surprised to learn that her "husband" was a woman. She filed a petition for annulment.

. . .

"Castoria," famed patent medicine invented half a century ago by the late Charles H. Fletcher, was sold to the Household Products Company, Inc., manufacturers of "Cascarets" and "Bayer's Aspirin."

. . .

In Asbury Park, N. J., a young lady hiccoughed steadily for twelve weeks; then ceased as suddenly as she began.

. . .

The population of the continental United States on Jan. 1, 1923, was approximately 110,100,000. This is a gain of 4,500,000 since the 1920 census.

. . .

Thirty per cent of the population of New York is Jewish. Other cities range thus: Cleveland, 12%; Chicago, Philadelphia, 10%; Detroit, St. Louis, Baltimore, 8%.

. . .

The Concert Mayol, a Paris music hall, advertises a piece called *Oh, Quel-Nu!* For the benefit of Americans and Englishmen, the following free translation is inserted on the billboard: *Ladies Shirt Off!*

. . .

Since 1918 the Princeton Club of New York has shared jointly the Yale Club's building at 50 Vanderbilt Avenue. This month Princeton will take quarters of her own at Park Avenue and 39th Street.

. . .

Fox hunting by motor car has become popular in England. Of course, the automobiles cannot follow the mounted hunters across country. But by their speed they are able to head them off by keeping to the road.

. . .

In Detroit, a prosecuting witness in an assault and battery case was asked his name by the court. "William Raukissoonsuighigihi," said he, "a Hindu."

. . .

In Patagonia was found a human skull, half a million years older than the famous Java head, aged 500,000.

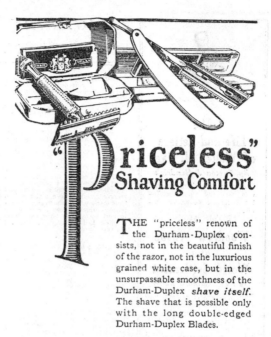

IMAGINARY INTERVIEWS

(During the Past Week the Daily Press Gave Extensive Publicity to the Following Men and Women. Let Each Explain to You Why His Name Appeared in the Headlines.)

Jack Dempsey: "When newspaper reporters mentioned my name to General Degoutte commanding the French in the Ruhr, he asked: 'Who is Jack Dempsey?' For that matter, I never heard of General Degoutte!"

* * *

The Prince of Wales: "Propagandists maintain that all factions in England and Ireland would unite if only I should marry Mrs. MacSwiney."

* * *

Prince George, youngest son of King George V: "I underwent an operation to have my two little toes removed. I had been afflicted with 'hammer-toe'—a shortening of the tendons which causes the little toe to curl up and is very painful in walking and dancing, of which I am very fond."

* * *

President Bernardes of Brazil: "I sent a message of congratulation to *The New York World*, which promoted the New York-to-Rio flight of Pilot Hinton. I referred to aviation as 'that enterprise in which the Americans are unsurpassed—having given wings to man.'"

* * *

The boy Emperor of China: "I have adopted the name of 'Henry' for myself and of 'Elizabeth' for my recent bride, Princess Kuo Chia Si. I did so in admiration of Henry VIII and Queen Elizabeth."

Prince Bullawa Cetewayo of Zululand: "I arrived in Chicago and inspected its flappers. Then I issued this statement: 'We do not have flappers in Zululand. I think American standards are far too loose.'"

* * *

Lady Elizabeth Bowes-Lyon, fiancée of the Duke of York: "My future mother-in-law, Queen Mary, presented me with a diamond brooch, formed like a rising sun."

* * *

Edward Young Clark, Imperial Giant of the Ku Klux Klan: "The Propagation Department of the Klan was taken from my control. People say this means the severance of my official relations with the Invisible Empire."

* * *

Mary MacSwiney, widow of the Mayor of Cork: "Since her arrest by Free State soldiers on Feb. 13, Annie MacSwiney has been on a hunger strike and is getting very weak. So I cabled my brother-in-law in New York: 'Notify friends in United States to protest.'"

* * *

Governor Alfred E. Smith of New York: "I attended a dinner of 400 newsboys in Manhattan and told them: 'Each of you can be the President of the United States, if you want to.'"

General Charles G. ("Hell and Maria") Dawes: "I told the Union League Club of Chicago that in the last ten years there have been more demagogues in Congress than ever before. So *The New York Times* said I was 'inclined to take too bilious a view of things.'"

* * *

Henry Ford: "Both branches of the Nebraska Legislature invited me to come to their State and develop its waterpower. I am usually ready to respond to the call of the people."

* * *

John D. Rockefeller: "When I recovered from my recent illness, I went out and played golf. Motion picture men photographed me holing a 14-foot putt. Arthur Brisbane, Hearst Editor, commented: 'Alexander, addressing his dissatisfied generals, held up his purple cloak, saying that was all that he had got out of it. Mr. Rockefeller might hold up his little golf ball and putter, saying: "This is about all I get out of it!"

* * *

Edith Rockefeller McCormick: "*The Chicago Herald-Examiner* quoted me as saying: 'I was the first wife of King Tutankhamen. I married him when I was only 16 years old, and died two years later.' My interest in re-incarnation is of many years' standing."

* * *

Princess Yolanda of Italy: "I visited in Turin the parents of my fiancé, Count Calvi di Bergolo. Together we inspected several villas in order to chose one to live in after our wedding in April."

* * *

Harry K. Thaw: "Having received a ten day furlough from the Pennsylvania Hospital for the Insane, I went home to Pittsburgh to visit my mother."

* * *

Admiral Von Tirpitz: "I published an article in one of Hugo Stinnes' papers, *Die Allgemeine Zeitung*, in which I said that although it would be difficult to forget the 'barbarous methods of war employed by the English,' Germany must strike out on paths that will make serious antagonism to the Anglo Saxon impossible."

* * *

Mayor John F. Hylan: "My hotel room at Palm Beach costs $12 a day. I told a reporter that Mrs. Hylan and I have a room and bath, but no maid, no secretary, no animals."

* * *

Benito Mussolini: "When I act as notary of the Crown at the marriage of Princess Yolanda and Count Calvi in April, the King will confer on me the Order of the Annunziata. That means I shall rank as a cousin of the King."

POINT with PRIDE

After a cursory view of TIME'S summary of events, the Generous Citizen points with pride to:

Uncle Joe Cannon, retiring after weathering the Congressional storms of 50 years. (P. 2.)

• • •

Female efficiency, with Mrs. Mabel Willebrandt as acting head of the Attorney-General's office. (P. 4.)

• • •

The new touch of dignity added to Supreme Court procedure by Chief Justice Taft. (P. 4.)

• • •

Uninvited guests whose departure was regretted by their hosts—our army returned from Germany. (P. 4.)

• • •

The efficiency of the Chilean Department of Health, which demands that our delegates to the Pan-American Conference be vaccinated. (P. 6.)

• • •

Annual taxes of $90 per capita which England bears like a great nation, without grumbling. (P. 8.)

• • •

The *S. S. Majestic*, on which an eminent British statesman, Lord Robert Cecil, arrives—not on a mission; no, nor lecture tour. (P. 8.)

• • •

Czecho-Slovakia, the only nation of Central Europe ready to pay her debts. (P. 10.)

• • •

A night's sleep, on a soft bed, in mid-air, and a thousand miles traveled between sunset and sunrise. (P. 19.)

• • •

The first successful helicopter. (P. 21.)

• • •

The harems of the Turk, from which a new womanhood is to walk into a larger destiny. (P. 10.)

• • •

The four hundred (not society people) whom Governor Smith of New York picks as possible future Presidents. (P. 26.)

• • •

Hanihara's determination to avoid questions likely to cause disagreement with the United States. (P. 11.)

• • •

Castor oil, a cure for popular indifference to the polls. (P. 9.)

• • •

The cause of the classics. (P. 17.)

第一篇　亨利·魯斯

一、前　　言

一九六三年三月是「時代週刊」的「不惑之年」。當時美國總統甘廼廸給創辦人亨利·魯斯（Henry R. Luce, 1898-1967）打了一個祝賀電話，對魯斯和「時代」讚揚備至:

「偉大的雜誌都是它主編身影的伸長，對『時代週刊』來說，這句話尤其眞切。將一周人類活動與思想的各方面，以雜誌形式來報導，爲劃時代的觀念。魯斯先生有此智慧產生此一觀念，又成功地使其實現，故能成爲當今一名偉大的編輯人。『時代週刊』在近半世紀羅列人類經驗的努力中，曾經對它的讀者報導消息、提供娛樂，但也曾使他們錯愕，甚而動怒。我像大多數美國人一樣，並非時常同意它的意見，不過我總還會讀它。『時代』有時似乎在盡力縮小它的讀者，在政治看法上的分野；然而，我更喜愛它能持續不斷地努力，擴大讀者的心智和文化視野，……。」

對一份當時發行額達二百五十萬至二百八十萬份之間的雜誌來說，「時代」接受這份賀詞，是當之無愧的。

四年之後，也就是「時代」四十四周年的那一年，它在美國九個國內地區版及五大國際版的發行額，又再進一步高昇，達到四百五十萬分，與行銷世界、發行額高達六百萬份的「生活畫報」(Life)，同爲魯斯六大雜誌王國的瑜亮。

一九六六年，魯斯雜誌事業的總收入，已超過五億美元。可惜魯斯得知這個數字不久，未等到「時代」四十四周年社慶，即在一九六七年二月廿八日晨，在美國阿里桑拿鳳凰城溘然而逝，享年六十八歲。

二、魯斯這個人

亨利・魯斯於清光緒二十四年（一八九八），在我國山東省登州縣出生。父親亨利・溫特斯・魯斯（Henry Winters Luce）與母親伊麗莎白（Elizabeth Middleton Luce），均爲美國長老會在華傳教的牧師，所以十二歲之前的魯斯，是在登州長老會傳教堂度過。

老亨利送他到一所爲英童而開設的學校就讀，並安排了冷水浴、讀聖經、讀中文，午睡後又再讀書的日課，使他日後行事爲人，深具英國維多利亞時代的猛進特質。伊麗莎白女士，是最了解他這種特質的人。她曾經寫過這樣的一段話：「他是個獨立的孩子。他埋首閱讀一本新的耶魯公報，一直想知道一九一五年的入學考試是怎樣的，因爲他想考進去——昨天，我發現他正在解答一張法文試題。你說這是不是很有趣呢？」

魯斯返回美國後，先在哈克開斯中學（Hotchkiss）就讀，當上該校文學月刊總編輯。其後進入長春藤的耶魯大學，並讀至畢業。之後，至英國牛津大學進修一年。也許是上天的安排，他在哈克開斯首次碰到了與他不但同年，而且與他一樣努力不懈的哈登（Briton Hadden, 1898-1929），兩人一同在耶魯畢業。這一個緣份，幫助了魯斯事業的開拓（詳見下面各節）。

成年後的魯斯，長得濃眉寬顎，說話像機關槍一樣的快，個性內向而羞怯，在社交上的舉止並不溫和，也一點都不愛閒談，但卻非常留心別人說話。一旦談到他所感覺興趣的問題時，他便會立刻滔滔不絕。他的「偉論」，經常會冗長得令人沉不住氣。沒有社交經驗的人，有時忍不住揷上一、兩句話，以打破光是他發言的「沉寂」。不過，在沉思中的魯斯，會一句話都聽不進去，只是把想到的東西，一口氣地說出來。

除了動腦筋發掘人才、擬具計畫和籌撥金錢外，魯斯幾乎毫不注意飲食之樂。他也並不特別高興別人稱他爲「報業大亨」，因爲在他看來，這個名詞會使人聯想到趾高氣揚的一面。魯斯一生衷心崇拜老羅斯福總統，也並非不平易近人，但卻極少密友。他從不參與國際黨派活動或涉足政治，但對國際和平運動與正義，以及維護新聞自由，則不遺餘力。

一九四四年，在魯斯與大英百科全書公司共同贊助下，由芝加哥大學校長霍金斯（Robert M. Hutchins）擔任主席，成立了私人團體之「美國新聞自由委員會」(Commission on Freedom of the Press)，成員多爲各大學研究社會科學的一流學者，用意卽在發揚新聞自由。由世界各國法學界人士發起組成之「以法律途徑達成世界和平」之世界法學會議，魯斯在一九六三、六四年會期，均曾自費參加並發表演講。

魯斯之所以爲魯斯，是因爲他有工作的狂熱和至死不移的自信。他可以把一位編輯的腦汁，絞至凌晨四時，到了淸晨，又希望這名編輯能頭腦靈敏而精神奕奕地上班去。他的自信則可以經常從他的言談中發現。他曾經這樣的說過:「我是一個新敎徒、共和黨員，也是一個自由企業者。這就是說，我偏袒上帝、艾森豪和『時代週刋』的股東，如果任何一個反對者現在還沒有知道這碼子事，他幹嗎仍花三角五分錢去買『時代』?」

一九三四年，魯斯與太太麗拉感情破裂，並愛上克麗拉(Clare Boothe Luce)。她是紐約一位律師的離婚妻子，時任「浮華世界」雜誌的社長。魯斯跟克麗拉談戀愛，也會像開編輯會談一樣的明快。當他們第三次見面的時候，魯斯便直率的問克麗拉:「你知道了你是一個男人一生中的唯一女人，你的意見怎樣?」他們終於在一九三五年結婚，麗拉獲得亨利魯斯三世和彼得魯斯兩孩子的監護權。克麗拉曾在「時代」當編輯，其後出任美國駐義大利大使。

魯斯在逝世前的幾年，便過著半退休生活，而花費更多時間去思想、遊歷和提出各種問題。他對這三項工作，樂此不疲，有時竟至徹夜不睡，忙著向別人質疑。「上帝已死」這個論辯，就是魯斯死前頗著力思考的一個問題。

凡事質疑是魯斯本性之一。四十年代後期至六十年代初期，「時代」內部發生了許多事件。不論工作怎樣艱苦、洩氣，魯斯總會抽空巡向編輯和研究人員慰問和打氣，但總忘不了順道詢問些問題，有些很艱深，有些則古怪離奇。

有一次有人告訴他，如果印度的聖牛少吃一點，印度國內的糧食問題便可解決。魯斯果眞發出大批通告搜集相關資料，結果所獲得的聖牛資料，連印度政府也自嘆弗如。對任何事情都不鬆懈，也是魯斯的個性。他給每位編輯人的便條多如雪片，通常是將剪下來的新聞，附在便條紙上。有時，爲了直接將意見表達出來，他經常與各編輯一起進餐。有必要時，更以正式備忘錄，分送給編輯。

魯斯在一九六四年退休時，定下了「權力平衡」的安排，確立時代出版公司組織的永久性人事法則後，便不再親自過問「時代」的編務。其實，魯斯在退休前的前幾年，卽已悄悄地行動，把若干名不合乎「時代」理想的老編輯調職，減少他們的權力。他退休的那一年，以「出人意表」的做法，委任五十二歲、好學深思而一向爲他賞識的編輯杜諾萬（Hedley Donovan）接替他爲「時代」總編輯，而與此同時，則委任五十一歲的海斯克爾出任董事長，五十四歲的林倫出任社長，使得社內權責落實。魯斯去世時，在遺囑中，指明將他所擁有的一億零九百萬美元時代出版公司股票半數，撥交給亨利魯斯基金會，用意卽在維持他在退休時所作的安排。

亨利魯斯基金會成立的目的，固在促進基督教和對於教育及遠東有興趣的組織，但由于基金會擁有時代出版公司有表決權的股票約為百分之一二·七；因此，基金會的董事，可以有效的控制著時代出版公司任何權力上的轉移。魯斯逝世時，由亨利魯斯三世出任主席（也是時代出版公司副社長），其他董事尙有魯斯的妹妹，時代出版公司執行委員會主席拉爾遜，與財務委員會主席斯提爾曼。

魯斯逝世那年，據時代出版公司估計，各種出版物銷數，已超過一千二百五十餘萬本，各雜誌及附屬機構的員工，超過六千人。在世界各地設有二十二處印刷所（七處在國外），三十多個新聞辦事處。除了紐約洛克斐勒中心的「生活時代大厦」外，芝加哥、倫敦、巴黎與阿姆斯特丹，並另有四個大厦。此外，更經營有三家廣播電臺，一家大紙廠，一家印刷公司，一家石油公司和一處供應造紙及印刷原料的林場。資產達數十億美元，在全美資產最大公司中，排行第一百五十八名。

魯斯生於中國，對于中國山川、友人及百姓有著深厚友情，是中國人的一位摯友。為了維護他對中國前景的樂觀看法，他甚至不惜於一九四五年，與他最欣賞的駐華記者白修德（Theodore H. White）鬧翻。

白修德為猶太人，父親出身於基層，母親為一個社會主義者。他在哈佛就讀期間，曾受教於左傾的費正淸（John King Fairbank）。抗戰時他被派到了重慶，報導中國戰況和人民生活。一九三九年九月，他前往陝西為「時代」撰寫系列戰時通訊。由於筆觸感人，令魯斯大爲賞識，甚而打破「時代」十六年慣例，第一次把通訊稿掛上作者姓名 (byline)。不想六年之後，也就是一九四五年，因爲對中國前景的意見，與魯斯發生嚴重衝突，其後憤而辭職，魯斯也不作任何挽留。

白修德得過普立玆獎，於一九七二年，隨尼克森訪問大陸；一九八二年春，又再度前往大陸，作更深入「採訪」，並將所見、所聞、所感發表於一九八三年九月廿六日出版之「時代週刊」。他的結論是：毛澤東死後的大陸，在變更中顯得一片混亂。

「時代」的基本立場，還是在維護資本主義社會的特質，並且相信資本主義社會的創造力，所以當「時代」編輯認爲鄧小平胆敢「向馬克斯主義的教條挑戰」，「試圖結合共產主義與資本主義」，而在一九七八年和一九八六年元月號，兩次封之爲當年「風雲人物」之同時，仍不免在結論中指出，鄧小平的改革是一場豪賭，會遭遇內部的激烈反對。

第二篇 「時代」的開創和發展

一九二三年三月三日，紐約市的書報攤上出現了一本雜誌——「時代週刋」(Time)。這是魯斯和哈登的傑作。這兩位大學畢業沒多久的記者，大膽地向世人推介了報紙之外的一種新聞週刋 (weekly newsmagazine)。

說起來魯斯和哈登的合作，實在並非偶然。除了他們在哈克開斯中學已是同窗好友、同編該校「紀錄報」外，又一起進入耶魯大學就讀，並且合作主持校刋「耶魯每日新聞」的編務。

第一次世界大戰時，魯斯和哈登又不約而同地派在南卡羅來納州的賈克森營 (Camp Jackson) 服役，候命出國作戰。在那一段期間，魯斯和精勤不懈的哈登，不時談及新聞事業的理想，盤算着如何爲缺乏新聞知識、好奇而又忙碌的美國人，辦一份良好的報紙或雜誌。

魯斯和哈登未及出國，第一次大戰便告結束。他們毅然決定以新聞界作爲事業的起點，着手爲未來的目標而準備。哈登首先進入紐約「世界報」(The World) 工作，那是一份由名報人普立玆在一八八三年買下，而經營得有聲有色的報紙。哈登進入「世界報」兩年之後，魯斯也從英國牛津大學修讀了一年後返回美國，爲「芝加哥每日新聞」(Chicago Daily News)寫專欄，並擔任赫其特(Ben Hecht)的通訊員和研究員。一九二〇年，兩人一同轉往「巴的摩爾新聞」(Baltimore News)，以更進一步獲得報紙的工作經驗。經過幾個月籌劃之後，他們對「時代」的構想，已大體完成，但一共只不過寫了十八頁。

事實上，魯斯和哈登最初的動機，只在「爲讀者看報」，亦即把世界各地報紙，在一星期中，選其重要的或讀者可能有興趣看的各種新聞，撮成一百篇左右的短文刋登出來，每篇不超過四百字，令當時一般生活忙碌、不可能有時間仔細閱讀報紙的人們，可以享受快速獲得知識的樂趣。

他們在計劃書中寫道:

「『時代』最注重的，並不是內容的量，而是究竟讀者能從中吸收到多少知識。」

這個構想雖然單純，也頗具眼光，但在雜誌市場上，受到很大挑戰。

一九二〇年代的美國，還沒有全國性的廣播電視網，報紙和雜誌卻多如牛毛。僅是日報，就有兩千零三十三家，比一九六八年代的報紙總數還多出兩百多份。而這兩千多份日報裏，就有十四家集中在紐約市，其中包括最具權威的「紐約時報」(New York Times)。之後雜誌的銷售量也相當驚人，費城「星期六晚郵報」(Saturday Evening Post) 的讀者多達兩百二十萬，費城「晚郵」的姊妹刋物——「淑女家庭雜誌」(Ladies

Home Journal)，自從柯蒂斯 (Cyruo H. K. Curtis) 于一八八三年十二月創刊後，也深爲婦女讀者喜愛（後來成爲美國第二份突破一百萬份發行量的雜誌）❶。有關時事的，有「評論的評論」(Review of Reviews)，和「世界的工作」(World's Work)，對「時代」最具威脅性的，則屬「文學文摘」(Literary Digest)。這也是一本摘要式的刊物。與「時代」唯一的不同，是「文學文摘」摘的是報紙的社論和專欄，哈登和魯斯則計劃以「簡捷的、有組織的」方式直接摘錄新聞。在「時代」未出刊以前，「文學文摘」的銷數已達到一百二十萬份，廣告收入僅次於最暢銷的「星期六晚郵報」。

魯斯和哈登所構想的「時代」編輯取向，主要有三大方針:

1. 新聞的結構組織必須完善，每篇稿件都應安揷得宜；而每個部份，亦應分成細目。——美國新聞學者皮特遜（Theodore Peterson）認爲，他們這個理想，事實上花了四十多年才能實現，而縱然如此，也只不過將每一項細目，作專業分類。

2. 以解釋性新聞寫作方式，表現「新聞的意義」。但這樣做的時候，仍應依照新聞的處理方法，「簡潔地處理每一個重要事件」。「時代」爲新聞雜誌而非政論雜誌，也並非爲偏見、自由或保守份子而創辦的雜誌，如果必須兼顧新聞和議論，則一定要令人感到，該文較重於新聞報導，抑或重於議論的刊布。在公眾服務及重大新聞中，「時代」編輯接受「要完全的

---

❶ 美國第一份突破一百萬份的雜誌，是「舒適」(Confort)，它在一九○○的發行量，已突破此一數目。

守中立是難求的，也是不可能的」事實。因此，「時代」編輯容許某些對新聞看法的偏見，但不刊載社論或其他文章來證明任何特別事件。

3. 當時所重視的，不是「時代」篇幅的多少，而是內容有多少深入讀者的心目中。「製造新聞」的是個人，尤其是有影響力的人物，而非政府或什麼神秘力量。所謂「政治人物促使公眾事務活躍」，「時代」應該報導他們的人格和見解，甚至仔細到他們所飲的酒、信仰的宗教、與喜歡爭論問題，令編輯們在這些報導上成為專家。

歸納魯斯和哈登對「時代」的期望，就是要編出一份精簡、有組織、公正、多元、深入新聞內層以人物為主的新聞刊物。所以「時代」初期的文章都非常簡短，據研究，一九二三年時，「時代」每句句子平均長度為十九・六字。

至于取名為「時代」的理由，據皮特遜的研究：「因為它（時代）簡單卻莊嚴而富於吸引力；因為它與其他刊物的名稱不同，是一個全世深知，而又是各式各樣標語和口號都可以採用的名稱。」（「時代」一語，可能出自“Time to Retire”或“Time for Chance”廣告標語。）

經過一番籌劃之後，魯斯和哈登再度辭去報館工作，開始為理想中的雜誌而努力。為了替新雜誌籌措經費，他們設法推銷了約十萬元股份，收得資本約八萬六千元，大部份還是向富有的同學或他們的親友籌集的。

有了那一點點老本之後，他們便在紐約東區第四十街，租了一間辦公室開始工作。他們聘請了八名剛離開大學還未滿三年的年輕人爲「時代」工作。這批人在未到「時代」之前的周薪從十來塊到四十美元都有，在「時代」的薪水，也好不了多少，但因工作而得的「心理所得」，彌補了一切。

一九二二年的十二月三十日，不論對「時代」甚或「生活出版公司」都是一個重要的日子，巨大的雜誌企業，於斯開展。那天，爲了要看看未來的「時代」是怎樣的一份刋物，特別試印了第一期淸樣。這本該算「第一期」的樣本，內容已朝分欄方式處理，文稿風格也頗爲明快。封面上除了印有日期之外，尙印有一句語帶雙關的成語：「時代會告訴你」(Time will tell) 作爲口號，刋頭上端，則印了一個大大的問號做背景。

三個月後，眞正的「時代」創刋號付印了。送排前的晚上，午夜後不久，編輯部全體人員齊集在威廉斯印刷廠，手忙腳亂地爲十一幅圖片撰寫說明，爲「開天窗」的空白位置補上新聞，一直忙到黎明，才返家休息。

事後，據魯斯曾追憶當時的興奮情形：「我回家上床睡覺的時候，已是白天了。當天下午，我在房間裏找到了一本未切好的小雜誌（時代）。我拿起它，逐篇看完那寥寥的三十二頁，心裏覺得驚訝——我剛才所閱讀過的內容並不壞，事實上，它十分之好。……一氣呵成，有意義、有趣味。」

「時代」第一期創刋號終於在一九二三年三月三日問世，其時魯斯和哈登都只有二十五歲。創刋號共有三十二頁，約爲現時頁數的三分之一；其中新聞有二十八頁，是從各大日、晚報改寫，廣告總共只有四頁，黑白色的封面上，刊着共和黨籍、眾議院議長卡農的相片，上端註明零售價格十五分美金。在「國際時事」一欄中，提到 國父孫中山先生經過香港，前往廣東。

第一期發行了一萬二千份，但賣了不到九千本。哈登的傳記中形容一般人的反應是「徹底冷淡」。不但如此，第一期「時代」出版以後，試閱的讀者紛紛寫信要求退閱。即使是還沒有退閱的，也有一些拒不付訂金。發行部的經理拉森（Roy Larsen）幾乎得用哄騙的方法，才能收回部分訂金。

更糟糕的是，負責發行工作的一名新手，完全混淆了訂戶的地址卡。以至於最初的幾期中，有的訂戶一本也沒有收到，有的卻收到兩本、甚至三本同一期的「時代」。

發行工作不順利，廣告方面也遭遇困難。兩個充滿幹勁和理想的年青人去見拉斯克（Albert D. Lasker），當時一家頗具規模的廣告公司負責人，卻被兜頭潑了一盆冷水。拉斯克對他們劈頭就說:

「你們想要和『文學文摘』競爭，可以說是毫無希望。」

另一位廣告代理商克勞（Earl Crowe）雖然答應與「時代」合作，不久卻和魯斯鬧翻。幸好克勞的一名雇員約翰森（Bob Johnson）拔刀相助，成爲「時代」的第一任廣告經理，並且建立了雛型的推銷制度。「世界工作」（World's Work）的發行主任伊頓（William H. Eaton）也告訴他們「郵寄廣告」和吸收訂戶的方法。

在這一段期間，出版「時代」的困難是難以想像的。哈登是一名幹練的編輯，他卻找不到好的幫手。許多人做了幾個星期後，便急急捲舖蓋。另一方面，因為經濟拮据，人手短缺，每一個工作人員的負荷都超過了限度。為了如期出版，編輯們常常得在印刷廠寫稿、熬夜。後來成為「時代」總編輯的哥特弗瑞（Manfred Gottfried）回憶這一段日子時說:

「我和哈登常在極度疲倦的狀況下爭吵。他開革我無數次，我也辭職了無數次。但是下個星期的工作開始時，誰也不再提這回事。記得我們下班的時候，常常遇見到華爾街上班的人。那一整天，我們就在昏睡中度過。」

在這種工作的狂熱中，究竟也有支持不下去的人。一位研究員兼秘書一天早上回家後，在床上躺了整整一個月，最後不得不辭去職務。

「時代」在困境中掙扎了半年之後，終於漸漸受到社會上的重視。當半年期合訂本出刊時，魯斯接到小羅斯福總統（Franklin P. Roosevelt）的一封信。信中肯定地說:

「我深信『時代』的知名度將日益提高。」

另一方面，發行量也有好轉。一九二三年十月間，「時代」在紐約幾本有名的刋物，如「哈潑雜誌」，「大西洋月刋」，和「紐約郵報」上作了廣告，銷數果然有了起色。這時「時代」的銷數約在一萬八千餘份。一年之後，也就是一九二四年，這個數目增加到七萬份。廣告商開始注意到這本新聞週刋，「時代」也開始有了利潤。在第一個五年期中，雖曾經兩度陷入財政困難，但在五年之後，亦卽一九二八年「時代」的銷數已增到十七萬份，廣告收入也由最初的四萬元增加到五十萬元，獲得的純利超過十二萬五千七百美元。一九二九年銷數是廿五萬份，廣告收入提高一倍多，達到一百八十六萬餘元，純利則增加至三十二萬五千餘元。

從第四周年開始，時代改變了從封面到內文都是黑白印刷的形式，而在封面上，改換成紅色邊框，樹立了它的獨特標誌。

「時代」的兩位創始人，魯斯和哈登最初的計劃是，兩人輪流負責經理和編輯的職務。但是哈登做了五年的編輯後，發現並不勝任經理的工作，魯斯只有繼續負責業務。因此早期「時代」的風格，可以說是哈登所塑造的，他的影響，一直延續到今天。

無疑，哈登是一位頗具才華，十分苦幹的人。根據史家的描述，他是一個標準的「時代下的產物」；十分自信。他的野心之一，是在三十歲以前賺足一百萬元。一百萬元在當時是個很大的數目。但這並不表示哈登拜金，只因爲百萬美元象徵著一個人事業的成功。

魯斯和哈登生長的家庭環境很相似，對雜誌事業有共同的愛好，但是兩人在合作創業的過程當中，卻也不無衝突。

一九二五年，「時代」的發行遭遇地理上的困難，魯斯決定將「時代」的大本營遷移到地點位於美國中部的克利夫蘭(Cleveland)。此舉雖然替「時代」解決了不少問題，哈登在私下卻頗爲不滿。他無法離開紐約的大都會生活。「時代」總部在克利夫蘭的兩年當中，哈登不斷地往紐約跑。最後，當魯斯去度假時，哈登決定將總部遷回紐約，將發行和印刷部門留在克利夫蘭。

不過，克利夫蘭並不是魯斯和哈登之間不愉快的唯一因素，魯斯經常為哈登的衝動作風感到苦惱。當魯斯任經理時，他疑心哈登故意和廣告商為難，使魯斯失去了好不容易拉到的客戶。更糟糕的，是一九二六年六月，兩人的母校耶魯大學，忽然決定頒贈一個榮譽碩士學位給魯斯，哈登卻沒有份兒。這使得哈登頗為惱恨，魯斯也相當尷尬。

魯斯和哈登之間的關係有幾度幾乎陷入僵局，兩人能繼續合作，大部份是出於他們彼此間的敬重，和在事業上無可替代的地位。

但是，無可替代的終於不得不被替代。「時代」創刊第六個年頭，亦即一九二九年二月廿七日，哈登因病英年而逝。他與魯斯剛起家時，週薪只有三十五元，去世時，卻已完成了個人的野心——他遺給親人的產業，達到百萬元美金。

三十歲的哈登一死，受影響最大的自然是魯斯。他在一九二五年成為時代公司的總裁，一直負責經理業務，哈登死後，他不得不接掌了部分編輯部的業務。

通常編輯不善經營事業，生意人也不長於舞文弄墨。魯斯卻是極少數的例外之一。他兼具了編輯和經營兩方面的才能，而且有特殊的領導作風。

後來成為「時代」總編輯的馬丁（John S. Martin）在談到「時代」的編輯政策時，曾經評論說：「『時代』的編輯政策，就是沒有編輯政策。」在經理業務方面，情形也是一樣。魯斯從來不下什麼命令，甚至不作最後的決策。他的哲學是，自由才是效率的泉源，當人們有充份發揮的餘地時，自然會有最好的表現。這個原則似乎使得整個機構缺乏明確的組織，但另一方面，也吸收了一批一流的人才。沒有這一批人才作爲「班底」，魯斯和哈登是難以成事的。

魯斯的作風是隨時禮聘一些文藝界名人任高級人員，讓許多天才的美國作家名字，出現在刋物的版頭下。當然，「放任」的後果，也是不難想像的——有些人留在出版公司，埋頭苦幹；有些則脫離魯斯，另謀高就；也有若干人與魯斯決裂，拂袖而去，指責魯斯和「時代」編輯，弄砸了他們原稿，忽視他們所作的努力。

與魯斯和哈登共同創業的人才當中，有幾個人較爲突出。其中初期任國外新聞編輯的馬丁是哈登的親戚，哈登死後，魯斯接掌了部分的編輯業務，但馬丁也扮演著重要的角色，他連續擔任了八年總編輯的工作，並且協助魯斯推展「時代」的業務，他後來離開了「時代」，創辦「新聞週刋」(News Week)，並於一九三三年二月十七日面世。

馬丁之後，哥特弗瑞、畢令斯 (John Shaw Billings)、馬修斯 (T. S. Matthews) 和亞歷山大 (Roy Alexander) 先後擔任了總編輯的職務❷。他們大多數出身於一流的學府，並

---

❷ 現時總編輯 (Editon-in-Chief) 爲葛隆華 (Henry Anatale Grunwald)。他于一九二二年出生于奧國維也納，其後移民美國。一九四五年畢業于紐約市立大學，隨卽進入「時代」擔任記者。一九七九年，接替自一九六七年起卽擔任「時代」總編輯的杜諾萬，而成爲「時代」的第四位總編輯。

且在「時代」成立時，便已加入工作，慢慢晉升到主管編輯部的職位。他們本身的事業和成就，可以說是與「時代」共同成長。

而那位哈佛畢業生的拉森，由發行部門起家，最後接任了魯斯的職位，成爲「時代」企業的總裁，並且連任了二十一年之久，如果說哈登是魯斯在「時代」早期的重要搭檔，則拉森便是繼哈登之後，魯斯的左右手了。

在最初的十年當中,「時代」或多或少維持了摘錄新聞的方式。這麼做固然可以節省人力，但是漸漸難以滿足讀者的需要。同時，多年來打下的經濟基礎，也容許在人員編制上作新的安排，於是「時代」在一九三六年加入了美聯社，同時建立了自己的通訊網，朝內幕和深度報導方向發展。

到一九六〇年,「時代」在全美國有十二個辦事處，一百十三名特約記者，在海外的辦事處多達十八個，特約記者一百七十九名。直到今天，每一期「時代」的最前面幾頁裏，總還可以看到一個排得密密痲痲的編輯部工作人員名單。

「時代」的成長是有目共睹的，但是沒有組織和制度上的變革,「時代」也不可能成長。

像大多數的創業者一樣,「時代」最早的一批工作人員多少抱著「殉道者」的精神。他們在最壞的環境中，不計酬勞地日夜工作,「時代」的成敗就是他們的成敗，同事是共同奮鬥的伙伴。但是求生存的階段一旦成爲過去，機構組織由數人增加到數百人，甚至千人以上，員工之間的關係轉爲淡薄，整個事業必須尋求新的目標，制度化也成為不可避免的結果。一九三八年，「時代」成立十五年後，當時的發行人伊格索(Ralph McAllister Ingersoll) 就寫了這樣一份報告給魯斯：

「『這兩個耶魯畢業的孩子，搞得挺有聲有色的嘛！』，類似這種對『時代』的讚美已經不是好消息。……當初『時代』為了求生存，一切以自己為主。現在它應該將注意轉到社會大眾上去，將『成功、成功、成功』的口號轉為『服務、服務、服務』。」

魯斯在這份報告上簽上姓名的縮寫，並簡短地寫了「知悉」兩字。

幾乎在同一時間，員工發生了問題。當時，時代公司的旗下已經有了好幾本雜誌。一九三七年，魯斯決定分權。他為每一本雜誌任命了一名發行人，全權負責該雜誌的出版和人事。這麼做固然減輕了他自己的負擔，另一方面，卻使員工之間的關係，和工作士氣的問題益為嚴重。

早在一年以前，弗瑞瑟 (Mary Fraser)，「時代」的一名傑出編輯，就警告魯斯說：

「……（這個組織的擴展）已經使往日的忠誠和親切氣氛消失無蹤。新的面孔不斷出現，辦公室漸漸孤立起來。一切不復當年的情況，那時每個人只有一個志願，就是辦一份叫座的雜誌，……。」

魯斯雖然理解到問題的存在，卻不知道如何著手去解決問題。大部分的時間，他和老伙伴一起工作，新的員工來來去去，流動性相當大。有的時候，他們的上司不過比他們早到任數個月，大家都弄不清楚他們的工作和任務究竟是什麼。

另一方面，「時代」給予員工的待遇雖然不低，但除了薪水之外，卻沒有合約，工作缺乏保障，也沒有保險，甚至沒有退休的制度。因此，當一些報紙的員工開始組織工會時，「時代」的部分員工也採取了行動。

一九三七年，「時代公司」的勞資雙方開始會談。資方代表伊格索形容當時會談的情形時說:

「雙方都很幼稚，而且常常是愚蠢的。」

這次會談一拖就拖了十個月。但是談判的確發生了作用，經理部門不得不重新檢討用人的政策，澄清某些工作的任務和性質，也規定了最低工資。

「時代」在員工福利上的另一個主要突破，是分股制度。這也是魯斯對「時代——生活企業」的最大貢獻之一。

魯斯的基本信念，是機會均等，而利潤應視個人的貢獻來決定。早在一九二九年，「時代」就開始向哈登的家人收購股分，將購得的股分分給員工。在第一期的計劃中，有十七人得到股分。一九三三年的第二期計劃中，又有三十三人分到股分。魯斯解釋他爲何作此決定時說，這樣主要的員工對「時代」就會產生「雙重的興趣。爲了使他的股分價值能日益升高，人人都會爲將來努力工作；同時也儘量維持最高的效率和最低限度的浪費。」他並且認爲這麼做「給我們一個機會，讓我們了解到我們是負責的人；對工作負責，對彼此負責，也對一些偉大的目標負責。」

經由分享利潤的制度,「時代」維持了最初創業者的精神,也就是「時代」的前途, 與每一個工作人員的前途休戚與共。這時的「時代」, 已由「家庭式」的組織, 順利地過渡到現代化企業的階段。

完善的制度和魯斯開放的領導作風, 使得「時代」人才滙集, 內容也得以不斷地擴展。

「時代」在第一期當中, 便包羅了五花八門的項目。這種內容的安排, 多少反映了魯斯本人的興趣, 和他對新聞業的態度。在一次演講中, 魯斯曾經很坦白的說:

「新聞記者的定義, 就是一個什麼都知道一點, 但什麼都懂得不多的人。」

在最初的幾期中,「時代」的內容雖然包括了國內外大事、敎育、宗教、醫藥、科學、經貿、體育和法律等類別, 卻只有書評一欄較具規模和權威。如音樂、劇藝和其他許多項目的報導, 多半是由報紙新聞改寫而成, 在經過數任編輯改革之後, 才漸漸充實內容, 形成獨立的部門。一九四五年, 當彩色頁出現時, 影藝版開始大放異彩。直到今天, 彩色頁還是影藝報導的天下。

另外一些曾出現過的專欄, 如航空、動物、想像訪問等, 不是因爲內容空洞被迫停止, 就是被歸併到其他的專欄裏。換言之,「時代」的編輯並沒有認定某一型態的內容, 是讀者所全心接受的。這使得「時代」的內容免於僵化。

在成長和蛻變的過程中，「時代」的銷數一直在穩定的上升。一九三〇年代，美國正值經濟蕭條，「時代」卻日趨繁榮。一九三四年，銷數已達到五十萬分。一九三八年，它併吞了勁敵「文學文摘」，接收了一部分讀者，一九四〇年七月，打破了百萬大關。一九四一年開始發行海外版，一九六三年發展到九個國內地區版 (Regional edition)，發行量約在二百五十萬到二百八十萬之間。一九六四年，「時代」在美國本土的銷數達到三百萬份，到了一九八六年初，這個數字據稱已升到兩千三百萬份。

許多雜誌在達到相當的銷數之後，在經營方面常常顯得舉棋不定，不知道是否應該再以某一羣讀者爲其推廣目標，抑或迎合大多數人的興趣。「時代」在這方面也並非全無困擾。一九三〇年代末期，魯斯在一分備忘錄中談到內容的問題:

「不同的人對不同的事物感到乏味。大多數的婦女，和很多慣於舞文弄墨的記者一樣，對商業報導不感興趣。但是婦女也是十分現實的，她們對於金錢的興趣比男人強得多。因此如果你想使一名婦女，或一位藝術家對商業報導發生興趣，就得談錢……所以究竟「什麼使得誰感到乏味」是沒有法則可循的。但是爲了實際的理由，我們必須接受一個原則，就是不同的事物使不同的人感到乏味。……如果你要使得一個人把一本『時代』由頭看到尾，唯一的辦法就是爲這一個人編一本『時代』。」

使每一個人對每一期「時代」中的每一則報導感興趣自然是不可能的，但若是沒有明確的方向和對讀者的吸引力，任何

刊物都無法生存。在這一方面，魯斯是充滿信心的。他在備忘錄中寫道:

「『時代』的對象，目標和目的是什麼? ……有誰為『新聞』這個字眼下過定義? 又有誰能適當地定義『新聞雜誌』?

「很顯然地，『時代』的目的是提供消息。提供什麼的消息? 當然是提供時事的消息。」

在新聞事業的領域裏，「時代」不斷有強有力的競爭者；最初是報紙和其它的雜誌，後來是廣播、電視。面對挑戰，魯斯始終維持著一個信念，就是傳播的通道永遠是多多益善的。自從創刊以來，「時代」的主要讀者羣一直是大學畢業生，也即是社會的上中層，上下層，或下上層人士。由於每年由大學畢業的人數都相當多，讀者自然也是有增無減。

時代的銷數可觀，銷行的地區之廣，也是其它的雜誌所難以趕上的。一九四一年，「時代」發行了拉丁美洲版，這是第一本由航空運送到讀者手中的雜誌。起初，它與紐約版只有廣告不同，稍後增加了四頁地方消息。一九四三年，發行了加拿大版，將底片空運至蒙特婁，在當地編印，也有四頁地方消息。不久，加拿大就成為「時代」銷數最大的海外版。

最初「時代」的海外版固然止於較鄰近美國的地區，但是二次大戰期中，和結束之後，它的勢力就打破了空間的限制，一九四四年，大西洋地區版問世，將底片空運到巴黎，銷售到歐洲、非洲和中東等地。一九四六年發行太平洋版，至一九六六年，又增加了亞洲版。據統計，近數年「時代」海外版的總銷數，已經逼近千萬大關。以一份英語的刋物而言，「時代」是世界上銷售量最大的。而這和「時代」發行部所做的努力，也有很大的關係。

「時代」在好多年前，便已將所有的訂戶資料電腦化。無論訂戶住在世界上什麼地方，只要輸入正確姓名拼音，電腦立刻會將他的地址、訂閱的日期、以何種方式訂閱……等資料提供出來。早在訂閱期滿數月之前，「時代」的發行部門便會按時發信，提醒訂戶。萬一到了期滿之後，還沒有收到續訂單，「時代」也不輕言放棄。有時半年之後，讀者還會收到廣告信函。其他各式各樣的贈品、折扣促銷活動，更是不一而足。

另方面，「時代」也經常做各種訂戶資料調查。這些調查有時由發行及市場調查部門自己進行，但大多數是委託專門的公司負責，隨時提出報告。報告是編輯部，也是廣告部的重要參考資料。

最新的資料顯示，「時代」的美國讀者當中，有一千萬是女人。訂戶平均年齡在四十一歲，百分之八十四進過大學，百分之卅九且唸過研究所。

訂戶的年收入平均為五萬美金出頭，百分之七十八有自己房子，百分之九十四自己有車。雖然很多訂戶家裡有錄影機，百分之八十五的人經常看各種書報雜誌，影響力不可以等閒視之。

「時代」固然可以以全球的銷行量自豪，但是直言和無所顧忌的作風，往往也造成與外國政府或團體間的衝突。一九三九年開始，它在英國、德國和義大利等地因為各種不同的原因被禁。後來幾年間，它的國際版又惹火了拉丁美洲一些國家的政府。例如一九五九年，由於「時代」的一篇文章，竟導致玻利維亞的民眾羣集在美國使館門前示威。只是這些事件似乎並未嚴重損害「時代」的威信。

與銷數平行增長的，是「時代」的廣告收入。一九三六年，當美國由經濟蕭條中漸漸恢復過來的時候，它的廣告利潤是兩百七十萬美元。到一九六〇年，當世界經濟再度發生不景氣現象時，這個數字已達到九百二十萬美元。今天，以廣告收入而言，「時代」是世界上的首要刋物。

現代化的新聞事業，已經不是幾個「文人」就可以應付過來的。魯斯在一開始便看清了企業經營的重要性。在一九三〇年的一次演說中，他說:

「新聞事業在近年來才變成一種企業。基本上，它與其它的企業是有分別的，但是仍不改其企業的本質。」

換言之，新聞事業不但要以企業的方式經營管理，還要靈活運用資本，才能成功。編輯部的所作所爲，並不保證一家報紙，或雜誌的業務蒸蒸日上。在這一方面，「時代」是個傑出的例子。

「時代」的經理部門一直保持著相當的活力。由周刋而來的盈餘，除了用以改善員工的福利，吸收一流的人材之外，並且繼續不斷地從事新的投資，擴展業務。

一九二四年，當「時代」成立滿一週年不久，魯斯和哈登便開始實現出版第二本雜誌的計劃。這本新的雜誌「星期六文學評論」居然相當成功，但是一年以後，當魯斯決定將「時代」的大本營遷到克利夫蘭市去時，「星期六文學評論」的員工拒絕搬遷，最後和「時代」脫離了關係。

「時代」和「星期六文學評論」間的關係雖然沒有持久，新的嘗試卻沒有中斷。一九三○年，美國經濟不景氣最嚴重的時候，售價高達一美元的「財星」(Fortune)雜誌，在「時代」七周年問世，內容是以財經爲主的月刊，供工商界人士閱讀。創刊之初，魯斯的許多親信，都預言這將是一本「卽將夭折」的刊物，但在魯斯經營之下終于轉危爲安。一九六二年時銷路達三十八萬份，而至魯斯逝世時，銷路已接近四十四萬份，售價爲美金一元五角。一九三二年，時代企業又買入一分銷量稀少、毫不起眼的「建築論壇」。

一九三六年十一月，亦卽「時代」創刊十四周年後，以八萬五千美元購得他人所有權，而使「生活」(Life) 雜誌問世，並且甚爲暢銷，爲「攝影新聞學」開拓出一條康莊大道。

「生活」是以圖片代替文字，對有關人類生活問題，作廣泛報導。創刊時，美國尙未完全脫離經濟蕭條的危機。由於一般人的購買力薄弱，曾經有一段時期，「時代」與「生活」陷入彼此競爭的困境，而「生活」的印刷費曾數度使魯斯的出版公司有破產之虞。這個情形直到一九三九年，「生活」開始轉虧爲盈時，才逐漸好轉。兩本性質完全不同的雜誌竟會成爲競爭的對手，是魯斯始料不及的。

魯斯所使的殺手鐗，是直接向廣告客戶要求把廣告費，根據最初三個月銷數為一百萬份，而加以調整。（最初的廣告價格，是以設想的二十五萬份的銷售量來訂價），難得的是，廣告客戶竟也答應了他的要求。

數年後，「生活」果眞突破一百萬份大關，並于一九四六年發行國際版，一九五六年發行西班牙文版；一九五九年時，總銷數已超過六百七十萬份，為全世界發行額超過五百萬份的少數十餘家雜誌之一。

「生活」的成功，使魯斯在美國成了知名之士。他不獨結交官貴和工業鉅子，也結交不少外國政要和實業家，連當時的佛蘭克林·羅斯福總統也討好他。魯斯出遊各地，隨時有人宴請，儼然民間領袖，他的事業也因而日益順利。

在「魯斯風」的刺激之下，其他的美國印刷媒體飽受壓力。紐約時報於一九三五年起，增刊「每周新聞星期評論」，企圖報紙「雜誌化」，以迎擊挑戰——這種「周末新聞增刊」的作法，往後並為各國大報依法炮製。魯斯和「時代」編輯們的進取和創新精神，也使新聞事業灌輸了健康的維生素，全球各地的雜誌在創刊時，多數不會忘記提及「時代」的理想、困難和成功過程。

「時代」所用新聞雜誌的寫作技巧和編輯取向——用「引語」來敍述；加挿有趣和較為渲染的故事；對人物作生動而深入描寫；採用有「壓迫感」高度傳眞圖片，附以聳動的圖片說明——已成各國報紙和雜誌的標準做法，甚至連美聯社、合衆國際社、路透社和法新社等通訊系統，也在充分應用這些技巧。

不過，正如俗語所說「關公也有對頭人」，樹大不免招風。魯斯在紐約的新聞和文藝界的成功，偶爾也引來一些諷刺，受受一些以前老友的氣。例如一九三六年，「紐約客」(New Yorker) 登了一篇吉布斯的「時代雜誌文章擬作」，令魯斯大爲光火，認爲個人受到了侮辱，要該報總編輯羅斯解釋。羅斯卻引用了魯斯所不喜歡的「時代新字」作答:「那是你要作爲一個『小型大亨』所應有的報應。」

與其他雜誌一樣，題材永遠是個傷腦筋的問題，「時代」也不例外，但第二次世界大戰，卻使「時代」有着不虞匱乏而且絕對令人關心的新聞題材，魯斯也把戰爭新聞，視作他個人駕馭的「十字軍」(戰後的冷戰局面也一樣)。那時期「時代」的國外報導，雖然大多數仍從「紐約時報」和其他報章上選取，但爲了配合報導，魯斯聘用了約翰・赫西和泰廸・維特兩名高手改寫新聞。

在現代流行的財經術語來說，魯斯是一名眞正「投資、再投資的人」。「時代」和「生活」自相「殘殺」的痛苦經驗，並沒有使魯斯畏縮不前。一九五二年，又利用「建築論壇」原有設備和人手，增刊「住宅與家庭」雜誌。一九五四年，「時代——生活公司」，再發行「體育畫報」(Sports Illustrated)，針對戰後人們休閒活動的日益重視，對體育消息作較誇張的報導，迎合人們的需求。「體育畫報」虧蝕了二千萬美元後，開始賺錢，一九六二年時，銷路突破一百萬份。

除此之外，魯斯尚擁有「人物」(People)、「錢」(Money)

和「潮流」(Tide) 等刊物。「潮流」 在三年之後就轉手出讓，「錢」因爲內容不夠吸引，不久遭到停刊的命運，「生活」 在一度盛況過後，因爲電視和昂貴郵資的打擊， 加以與「生活」相類似的大型雜誌，如「星期六晚郵」(The Saturday Evening Post)、「展望」(Look) 等相繼輟刊，也以八百萬份的鉅大銷數，於一九七二年宣告停刊， 直到一九七八年再以新的姿態復刊，但廣告收入，已大不如前。在魯斯林林總總的雜誌中，雖然也有因經營不善而倒閉的，但是究竟爲數不多。幾十年來，魯斯慢慢地建立他的雜誌王國， 並且努力不懈。

在早期，「時代」曾爲了省錢，而不得不與「星期六文學評論」共用一套辦公室。一九二五年，它把總部遷到克利夫蘭，因爲地點適中，較利發行。但兩年之後，又搬回紐約，同時把芝加哥變爲發行的一個中心。在往後幾年中，「時代」又陸續在美國境內其它的城市設立了印刷和發行支部。

一九六〇年，「時代——生活」公司搬進了紐約洛克斐勒中心的大厦， 這棟耗資八千三百多萬美元的大厦共四十八層，堪稱爲世界上最現代化的雜誌大厦。

第三篇 「時代」風格

一、「時代」風格的建立

「時代」最初的寫作形式是新聞摘要。在哈登擔任總編輯的五年當中，特殊風格已具雛型，在許多方面來看，哈登是「獨具一格」的。他崇拜辛克萊・路易斯(Sinclair Lewis)的諷刺小說，和孟肯（H. L. Mencken）的評論。當他自任主編時，宣布「封筆」，從此不再寫文章，但他在編輯工作上付出的心血，卻是無可忽視的。約翰・馬丁曾形容哈登工作的情形:

「他以極爲悠閒的態度來修改文字。他吹牛說，整本『時代』都該由一位校對負責校閱，唯一的目的，就是精簡文字。事實確是如此，他本人就是那位校對。可以用三個字說清楚的意思，他決不容許用五個字來寫。像『一個好天』這種形容天氣的字句，和不必要的介系辭、轉折句，如『在另一方面來說』，『還有、同時』，『然而』，都被他無情地除去。……。

「我從來沒有見過任何人將如此的注意力投入他的工作，

對瑣碎的細節有那麼大的耐心，並且對加強一個有用的，或有創意的意見有那麼大的熱情。他的身邊總是有一本『伊利亞德』(Iliad) 的譯本。在這本書的封底，他寫了上百個單字，特別是令他感到新鮮和有力的動詞和複形容詞，這些他經常溫習的單字，幫助他建立了「時代」的寫作風格。他隨身常帶著一本活頁記事簿，裏面記載著只有他自己看得懂的單字和靈感。」

在一開始，哈登就沒有「隨俗」。在新聞報導中，如果提供消息的人不願公布姓名，記者通常以「消息來源」、「高階層權威人士」，或「根據一般了解」搪塞過去。哈登的原則是，能公布姓名則公布姓名，否則就以「時代」的名義發表，並對消息的正確性負責。此外，諸如複形容詞、歷史背景的運用，甚至比擬式的寫作，也都是哈登的主意。例如在第一期中，一則有關　國父到香港去的報導是這樣開始的：

「一星期以前，中國的天空佈滿烏雲：據報導，孫中山先生正經過香港到廣東去。英國人會允許他過境嗎？這是很有疑問的。」

在這個簡短的摘要裏，作者以「烏雲滿佈」形容當時中國的政治氣候，這種比擬的手法在新聞寫作中並不常見，後來卻成爲哈登的慣常作風。他形容「紐約每日新聞」的讀者是「嚼口香糖的人」，而差利・卓別林的電影是「派餅式的幽默例證」(A gorgeous funny example of custard-pie)。

隨著時間的移轉，「時代」的報導由摘要漸漸邁向深度報導和評論。在蛻變的過程中，不單是遣辭用字方面，包括新聞的取捨、報導的角度、處理的手法和寫作的格式都隨著演進，終於發展出一套特殊的「時代風格」(Time Style)。

一般而言，時間是新聞的決定性因素。一本一周出刊一次的雜誌，很難與每天，甚至每一分鐘都在發布消息的廣播、電視或報紙競爭。這個缺點在突發性的事件已可以很清楚地看出來。一九三二年三月一日，林白之子被綁，「時代」一直到三月十四日的一期中，才首次提到這個案子。就是現在，傳播技術已日新月異，但情況依然沒有顯著改善。一九七九年十月四日，伊朗學生刼持了美國大使館的工作人員，「時代」直到十月十九日的一期中才以封面特別報導來討論這件事，整整落後兩個星期。

在時間上無法競爭，使得「時代」的編輯們不得不想辦法來彌補這個缺點。方法之一，是根本降低時間的重要性。哈登曾經說：

「搶著在愛廸生誕辰的那一周寫文章紀念他，並不一定是好辦法。(只要時間上相差不太遠) 不妨在重要政治集會舉行的時候，再寫紀念愛廸生的報導。因爲那時讀者多半已經對報紙上長篇大套的政治報導感到厭煩，任何其他方面的文章都會引起他們的興趣。」

有一些重要的事件，例如國際性的會議或會談，「時代」無法在每天會議的進展方面與其他新聞媒介競爭，報導的重點便移至「事前的預測」，和「事後的解釋」，例如舉行會議的原因，可能發生的困難，舉足輕重的人物，會議的成敗、影響和未來的動向等。

在早期「時代」的報導裏，偶然還可以看到事件發生的詳細日期。例如一九二三年三月十日一期的報導中，記載了哈定總統任職滿兩年的日期：

「三月四日，哈定總統度過了任期中的前兩年，……。」

但是類似的例子漸漸減少，以至於幾乎找不到了。就以伊朗學生刼持人質的報導爲例，「時代」告訴讀者，這件事發生在一個「灰暗的星期天」。究竟是哪一個星期天，則沒有提到。「上個星期」是比較常用的字眼，這是因爲「時代」一周只出版一次，無形中，一星期便成爲時間的單元。

降低時間的重要性的另一個方法，是加強報導在政治、經濟或其它方面較具特殊意義的、有連續性的事件，強調戲劇化的一面；或是挖掘其他新聞媒介在人力、物力上，不可能報導的消息。至於較爲表面化的事件，例如普通的犯罪案件，或無關緊要的紀念會、聲明，雖然在時間上很「新」，卻不予重視。例子之一，是一則有關東南亞海域海盜問題的報導。在報導中，作者剖析了這羣「現代海盜」興起的原因，作業的方式，以及各國的因應之道。類似這樣的消息，見諸報端的也許只是零星的片段，讀者難以窺其全豹。但是經過「時代」的記者綜合各地資料，配合進一步採訪，卻寫成一篇極爲生動的深度報導。事實上，有些出現在「時代」上面的報導，是報紙編輯平日根本很少會注意到，或無暇去思索其含義的消息和內幕。一九七八年一期「時代」中的報導，描述一艘載著大量珍貴的鈾的貨船的故事。這艘船離奇地在航行途中失蹤，過後空船改頭換面，在別的地方出現，原班人馬不知去向，讀來有如間諜小說。

為了完成這篇報導,「時代」的記者設法探訪了船公司的負責人、水手，各國有關機關的人員，各處去查證記錄、文件，終於在「沒有人願意吐露眞相」的情況下，挖掘出大致的經過。「時代」為了完成這篇報導所動員的人力和所投下的時間、金錢，是普通新聞媒介所不能，也不願與之競爭的。

另外一方面，連續數個月佔據紐約市報紙（尤其是晚報）頭條新聞的殺人兇手「山姆之子」，卻沒有吸引「時代」編輯的特別注意。卽使在破案時，「時代」也不過刋登了一則綜合報導，原因之一，是兇手本身心智不健全，可以說是美國社會中的一個偶發事件，受影響的，也不過是紐約一區的市民。而載鈾船的失蹤，卻與世界核子武器的均勢有直接的關係，東南亞海域的刼掠行為，影響及於數國，並且危及這一地區的貿易發展。重要性顯而易見。

為了能在無法「搶時間」的情況下爭取讀者,「時代」發展出另一個利器，就是獨特的報導寫作方式。在這方面，哈登的影響亦顯而易見。

新聞寫作的傳統，講究客觀簡潔的報導。每一個初受記者訓練的人，都免不了對「導言」、「倒寶塔」式的寫作結構，和新聞的六個要素（何時、何地、何人、何事、為何和如何）感到新奇。他們努力使自己的寫作符合「可讀性」的要求，將句子和段落維持在一定的長度，並且儘量引用最通俗、簡易的字眼。

新聞寫作的格式，能滿足大多數讀者對時事的好奇心。但久而久之，「要素」成爲束縛，寫作流於公式化，記者便少有發揮的餘地了。讀者看得多，也難免感覺枯燥。「時代」卻沒有將寫作限在這個死角裏面。在「時代」刋出的報導，旣缺乏綜合性的「導言」，也不採用典型的「倒寶塔」式寫作。相反地，大多數事件都以抽絲剝繭的手法，呈現在讀者的面前。

一九七九年四月號的一則報導是這樣開始的：

「十九歲的約瑟芬在得到新手錶後，迫不及待地要到住在公園另一邊的祖父母家裏去炫耀。那天晚上，她因爲忘記帶裝隱形眼鏡的匣子，無法留下來過夜，便在十一點四十五分，道別祖父母回家。在踏入茫茫的夜色之前，她一再擔保：『沒事的，我會一直跑著回去。』

「第二天清晨六點，一個等公共汽車的女人以爲她在公園的草坪上看到了一團破布。不遠處有一隻褐色的鞋子。再走近一些，她發現了約瑟芬的屍體。約瑟芬被害的地點距離自己的家門口不過是三百碼。傷痕累累、血跡斑斑的屍體令警方相信，她又是一名『約克希爾強暴者』(一名瘋狂兇手）的受害者。」

這是一則兇殺案件，按照純新聞寫作的原則，作者應該把被害人的姓名、屍體發現的地點、時間等在第一段中便解釋清楚，接著再補充警方初步的調查結果，和遇害前的情景。但是「時代」的報導方式，完全是平舖直敍的。讀者得耐著性子看到第二段，才知道這名叫約瑟芬的女孩子遭到了什麼事故。

另外一些「時代」的報導，側重問題的背景和全面的發展，孤立的新聞事件本身成爲楔子，三言兩語帶過，反而顯得無足輕重了。這種處理手法在與報紙新聞比較之下，特別突出。

一九七九年十一月四日，美國南部，德克薩斯和奧克拉荷馬州發生三K黨槍殺事件。第二天，「紐約時報」發了一則消息:

「昨天在此間一次反三K黨遊行示威中被槍殺的四個人，都是一個組織的會員。這個組織曾在七月八日一次三K黨的集會中，扯下、並燒燬了他們的旗子。

三K黨人曾誓言報復……。」

同一件事，「時代」的報導是這樣寫的:

「現在的會員都很年輕，通常在二、三十歲之間。他們當中有很多留了嬉皮式的長髮和鬍鬚。他們的一些領袖試著塑造一個較爲『現代』的印象；在電視訪問節目中的談話，合情合理，常常還穿著正式的西服。但是在他們夜晚的集會中，今天的三K黨徒，仍然穿著白袍，燒十字架，玩弄著種族歧視辭藻，也與一九二〇年代，他們祖父那一代的三K黨徒並無二致。當時全美國的三K黨徒號稱有上百萬人。

現代的三K黨小得多了，根據研究三K黨的專家估計，會員總數不超過一萬人。但是經過十年的冬眠之後，三K黨在最近幾年中越來越好鬪、兇暴。兩個星期前，三K黨員和他們的同情者，在格陵斯堡攻擊了反三K黨的羣眾集會，射殺了四名男子和一名黑人女子，五名犧牲者都是『共產工人黨』，也即先前稱爲『工人之聲組織』的會員。」

接下去，「時代」這篇有關三K黨的文章，報導了三K黨的活動記錄，並且描述其發展的情形。至於十一月四日的槍殺事件，則再沒有提到。

「時代」創刊之初，也正是廣播事業 (commercial radio) 發軔的日子，一出道就碰上勁敵的魯斯，早就盤算着如何打這場硬仗，而他秉持的看法，也正是「時代風格」的另一個面向。

魯斯總認爲不應、也不能低估讀者的智慧，但也不要高估他們能夠獲得資訊的途徑。魯斯又認爲新聞只有兩種，一種是「快新聞」(fast news)，另一種是「慢新聞」(slow news)。「快新聞」只是點到卽止，而「慢新聞」則是深入的報導，答覆讀者心中許多問題，影響更多讀者；而相對地新聞機構得化更多財力，並要有更多準備時間。魯斯曾斬釘截鐵的說，「時代」走的是「慢新聞」的路。

這是說，「時代」不與電臺爭一時，但作綜合、不同角度，以解答問題爲導向的報導。例如早期的「時代」，卽時常介紹外國國別，將之比擬爲美國那一州的大小，她的政策如何，國家的名字如何讀法等。「時代」很早就使用圖表，令讀者概念更淸楚。魯斯亦曾將「慢新聞」名之爲「啓蒙新聞」(enlightened journalism)，要求「時代」編輯「率先把該報導的都放在報導裏」(to lead to put what ought to be)。魯斯這種作法，實際上正是大眾傳播教育功能的寫照。魯斯自信這種做法，會得到美國人的信任，認爲美國人會相信「時代」，因爲他——魯斯就對「時代」深信不疑。

「時代」的寫作不講究新聞體裁，有關「可讀性」的金科玉律，也會置之不顧。就以遣辭用字而言，「時代」報導的文字常常顯得艱澀難懂，尤其是對外籍的讀者，許多字甚至在字典上也難以查到。原因之一，是「時代」慣將一些外來語引用過來，或賦以新的意義。例如「大亨」(tycoon)，本來是個日本字，雖然英文中也出現過，卻不十分通行。自從「時代」在文章中頻頻應用後，才漸漸成爲一個通行的「怪字」。「Kudos」本是個希臘字，卻被「時代」移花接木，變成諷刺榮譽學位的一個字眼。在談到一九三三年美國各大學頒授的榮譽學位時，「時代」以「Kudos」爲題，分析頒授學位的動機不外乎三種：一、頌揚偉大的，或是「還算」偉大的人物；二、爲該校的畢業典禮爭取有名的致辭者；三、爲了學校的某種好處。終其一生，亨利魯斯本人就接受了十五個榮譽學位。

「時代」不時也創造一些新的字眼。有的純粹是把兩個名詞合在一起用。例如電影雜誌（cinemagazine）就是電影(cinema)加雜誌(magazine)複合而成，有的相當幽默，例如「宣傳」(propaganda)前面一半改成「不合宜」(improper)，就變成「不合宜的宣傳」(improperganda)，這些大膽的嘗試，固然使部分讀者感到困難，卻也造成新奇感。有時字本身的意思雖不明顯讀者卻可以由上下文中猜測出來。

「時代」上的新字新義，有些已成美語一部分，有些則過了不久就被人遺忘。某些批評家對「時代」的作法，甚不以爲然，他們認爲「時代」侵犯了語文。例如，著名批評家愛德蒙

・威爾遜就不同意「時代」用兩個形容詞組成修飾語的做法，並反對「時代」那種「惡意嘲弄」的「特色」。

不過，最引起批評的，是「時代週刊」初期裏那些不合英文語法的句子——那是魯斯和哈登一起運用他們在耶魯學來的希臘文，而寫出荷馬式的倒置句法。這樣的一種文體，幾乎成了「時代」早期的標記，三十年代後期，才放棄不用。至五十年代和六十年代初期，「時代」在行文語氣上，又好用一種「全知語調」(tone of ominiscience)，以暗示該文作者對所報導事件，已作過通盤了解。

使「時代」報導「與眾不同」的另一個原因，是它引用的資料非常豐富，名人的雋語、軼事，一些巧合的偶發事件，甚至於詩詞，只要引用得當，就能使讀者的感受不同。例如一九七九年三月十九日的一期中，有一篇有關中共與越南戰爭的報導。在正文開始之前，作者引用了羅柏塞瑟 (Robert Southey) 的一句詩:

「但它（指戰爭）究竟帶來了什麼好處呢?
小彼得基恩喃喃地問，
『我說不上來，』他說，
但那的確是場有名的勝仗」

這短短的兩句，就說穿了這場戰爭的可笑。

在同年四月三十日的一期中，有一篇文章談到香港的貿易發展。一開始，作者引用了英國外相蒲美斯頓在一八四二年說的一句話:「那是個連房子也不大有的荒島(指香港)。」今天的香港高樓林立，與當年相比，幾乎是兩個世界，這正說明了香港無時不變的地位和重要性。

「時代」不遵守一般新聞寫作的原則，客觀性也不時受到懷疑。當「時代」創刊之初，正是「客觀報導」在新聞界的全盛時期。當時在一般新聞業者的觀念裏，報導中夾雜了任何批評，或有任何偏頗，都是不道德的。但是到了一九五〇年代的中期，人們漸漸懷疑絕對的客觀和中立究竟是否可能存在。每一則消息，由採訪到見諸報端，都要經過許多人之手，而每個人的生長環境和社會關係不同，加上報紙本身所扮演的角色，百分之百的客觀根本不可能做到，何況，有關經濟、政治的種種新聞也越來越錯綜複雜，僅僅把事實告訴讀者，不足以令他們有全盤的認識。因此漸漸有了所謂的「解釋性新聞報導」(interpretative reporting)。也就是在報導「何人、何事、何地、何時、爲何及如何」之外，說明一件事的社會意義，及其影響等等。但是同時，仍然極力避免主觀的評論。

事實上，「時代」在創刊時所標榜的寫作形式，即是幾十年後的「解釋性新聞報導」。

對魯斯而言，完全不帶價値判斷的報導根本不可能存在。他在一九五二年一次對「時代」編輯的演說中，很詳細的解釋了他對「客觀性」的看法：

「我們擁護客觀性，因爲客觀的眞理的確存在；宇宙中的眞理，科學的眞理，道德的眞理，但這些眞理與我們任何人，在任何時間所想像的眞理並不相關聯。循知性的方法不一定獲得眞理。如施洗約翰、阿摩斯（Amos）或懷特曼（Walt Whitman）這些先知可能比較接近眞理。我們不是先知，也不是憑直覺可以預言事物的人，但是作爲一個編輯，他必須有一點先見之明。我們找尋客觀眞理的方法，是不斷的尋求事實，以對人性和命運中最深刻的理解，來分析事物，並使得事實的剖析生動起來。」

接著，魯斯又談到新聞記者所講求的客觀性：

「『新聞的客觀性』有兩個不同的意義，在以前，那是指寫作的語氣：沒有偏見、不教訓人、也不帶任何情感。……。

「第二種『新聞客觀性』，則宣稱記者在展現事實時，可以完全不受他本身價值判斷的影響。這是一個現代的解釋，也是徹底的假話。……無論在理論上或在實際上，都不可能在完全不涉及本身的價值觀和情況下，選擇、認知或組織事實。這並不表示價值判斷就是罪惡，必須減至最低限度。相反的，這表示百分之七十五的認知、選擇和組織事實的工作，都建立在正確的價值判斷上面……。」

由魯斯的這一番談話，可以看出來「時代」並不否認報導中必然含有記者的價值判斷。但大多數的價值判斷是「正確」的。這種解說拆穿了「百分之百客觀性」的面具，另一方面，卻在「正確的」（價值判斷）這個形容詞上出了毛病。在語意學家和社會科學家的眼裏看來，「正確」和「客觀」同是抽象的概念，在現實世界中是難以全然做到的，尤其是在價值判斷的領域來看。美國人認爲是正確的價值判斷，中國人或日本人可能認爲是錯誤的，一位清朝大臣認爲是「正確」的價值判斷，在今天中華民國歷史學家的眼裏，也可能是「滔天大錯」。

也許也正因爲「時代」編輯對「正確」的看法不盡與別人相同，報導的客觀性也不斷地受到史家的攻擊。

一九四六年的某一期，「時代」曾經報導說：「在大多數美國人民的眼裏，杜魯門政權已遭到全盤失敗。」

這短短的一段，便含有兩個並不一定正確的價值判斷：第一，「在『大多數美國人民』的眼裏」，「大多數」究竟是多少？當時抽樣調查的方法尙未盛行，「時代」的編輯有什麼事實根據作此論斷？其次，什麼是「全盤失敗」？當時杜魯門政權可能遭遇多方面的失敗，但是畢竟仍勉強維持著。

就是在極爲敏感的美國總統大選中，「時代」的公正性也受到懷疑。一九四八年，當杜威和杜魯門競選時，「時代」明顯地反對杜魯門。但事後卻不得不承認，在預測選舉結果方面，它也和其他許多新聞媒介一樣，作了錯誤的估計，杜魯門出人意料地當選了總統。

針對「時代」的報導，一位評論家曾經這麼寫道：「每一個星期，它（時代）都創出一個絕對而武斷的世界。好人歸在一邊，壞人在另一邊，而『時代』是唯一的評判者。」

事實也許不如上面那位批評家所描寫得那麼糟，但是無疑地，「時代」並非是一本標榜客觀性新聞寫作的雜誌，它是以深度報導爲主，卻同時帶有意見和評論的刋物。當「時代」的記者在寫「解釋性的新聞報導」，將時事賦以「時代」和「社會」

意義時，也和所有其他的人一樣，難免會作「並不完全正確」的「價值判斷」。

提到這種現象，也當然不能不敍述一下「時代」內部的工作情緒。大戰結束之後，魯斯被人認爲有點莫名其妙地與「時代」編輯意見不合。批評他的人指責他說，魯斯心態有了「微妙」轉變，希望從一個「時事記述者」，突出爲「創造時事的人」。

魯斯第一次與編輯部意見相左，是因爲一九四八年屬於民主黨黨員的杜魯門競選獲勝，榮登美國總統寶座。身爲保守的共和黨黨員的魯斯，就像許多共和黨死硬派一樣，很明顯的不肯接受這一既成事實。問題出在於「時代」編輯，大多數是自由的民主黨黨員。這些編輯認爲「時代」的保守和黨派性，已到了不能容忍程度；更糟的是，這些人又都深信「時代」的偏見和「毒素」，都是由魯斯直接指揮所造成的。多年來累積的不滿和壓力，終於爆發。「時代」國內版時事編輯最先離職，而魯斯也越來越火爆，幾欲洗手不幹。

不過，魯斯是老闆，是「時代」的創辦人，在這種事上頭，總會稍佔上風的。在此事發生以後的一段很長時間內，魯斯屬下的出版品，都直接、間接地倒向共和黨。例如說，一位共和黨領袖的走路情形，永不會「走」了便算，一定用較美好形容字眼，描寫成「愉快地踱著步」，「有目的地邁步而行」，或「果敢地舉步」。如果是民主黨人士，就只好「笨拙地向前走著」，「曳步而行」，甚至還「踉踉蹌蹌地跌著走」。

白修德最後因不滿編輯部爲了奉承魯斯，而擅自更改國外新聞稿原意的作法，憤而辭職。此事雖使得「時代」編輯部稍微收斂，但卻換上「置諸不理」的消極態度，來應付國外特派員的不同意見。

例如，一九五一年韓戰方殷，杜魯門總統在緊要關頭，把美軍統帥麥克阿瑟免職，上演了陣前易將的一齣劇。魯斯和他的親信，都認爲這是倒行逆施的做法，「時代」的華盛頓分社，更立刻提供大批資料，支持魯斯那一羣人的看法。然而，設在東京的「時代」分社，卻認爲杜魯門的作法是正確的，也列舉大量意見，支持他們的看法，紐約總社當然會充耳不聞。

他們以電報諷刺東京分社說:「我們知道東京分社，在政策問題上偏袒杜魯門，但各編輯認爲，你們未曾證明 你們的立場。」雖東京分社立刻報以顏色:「堅持我們是對而你們不對的信念，會使我們擺脫你們這羣麥克阿瑟黨徒。」—— 但誰都知道，這種「倔強」實際上並沒有使任何一方佔到上風。

一九五二年總統選舉,「時代」刻意爲艾森豪叫陣「助選」,甚至連編輯馬修斯對「時代」所作的「一面倒」報導也大吃一驚。後來馬修斯曾自責說:「我怎能爲自己開脫呢? 我沒有辦法。事實上，我當了六年編輯委員會主席，必須負起那六年內，『時代』所刋登一切東西的責任。那記錄是不能抵賴的，而且也許是罪過的。」那年，馬修斯並沒有編政治新聞，僅從旁觀察，而與艾森豪競逐的史蒂文生，是他普林斯頓大學的同學。

魯斯的「固執」也有意想不到的收穫。由于「時代」一周又一周不停地反駁威斯康辛參議員麥卡錫的左傾言論，使得明理的美國人大呼過癮。到了「清理」戰場的時候，「時代」不但大獲全勝，連久已不看魯斯刋物的讀者，都重回它的懷抱。

魯斯逝世後，有關越戰的報導方式，又在「時代」編輯部產生爭議。「時代」的編輯認爲，美國在西貢的記者，在報導越南消息時，總愛強調陰暗的一面，因而忍不住也刋登若干言論，抨擊美國記者的報導角度，連「時代」自己的記者也不能倖免。此舉令得起碼有兩名記者，因而一怒辭職。當然,「時代」並沒有因而損失了什麼。

此事現在雖然已事過境遷，但證諸於越南淪陷悲劇，以及越戰時美軍司令魏斯摩蘭、與前以色列國防部長夏隆一齊控訴「時代」誹謗諸案，某些經常自詡爲「客觀」、「公正」和「了解眞相」的駐外記者，是否也應切實地自我省思一番？夏隆一案雖然沒有得出結果，魏斯摩蘭亦已和「時代」和解，但這兩案帶給「時代」的「頭痛」，又豈止于此？魯斯和哈登所同心協力，空手創立的王國，今後會呈一個怎樣的局面？這將是「新聞中的新聞」。

二、「時代」風格的註释

所謂「時代」風格，可以分爲雜誌表現的方式和寫作風格兩方面來敍述——

(一)雜誌表現方式:

除採用集體新聞學(集體編輯制)，文稿由採訪人員提供素材，交予研究編輯（researcher）整理，添附資料，再由資深編輯撰寫成文外，其主要特色尙有:

(a) 每期必有以重大新聞爲取向的「封面故事」(Cover Story)，並由專家設計繪製；每年選舉一次「風雲人物」(Man of the Year)。

(b) 內容採「分欄處理」，除「評論」外，不作署名（Anonynmous Journalism)。每期如有足以「誇耀」的成果，則在「發行人的話」（A Letter From the Publisher）中，將負責者名單，一一開列。

(c) 特重人物報導，每期闢有「人物點滴」（People）與報導婚喪之「里程碑」(Milestone）兩個特欄。

(d) 以「時代」立場來闡釋新聞，不作模稜兩可與無所抉擇的「中立」做法。

(e) 以一至兩頁篇幅，不定期推出「時代評論」（Time Essay），是唯一署名之作，由資深編輯（Senior editon）輪番執筆。內容則評論性重于新聞性。

(f) 注重讀者投書。「時代」每年收得的讀者投書，平均達五萬四千封。負責編輯的皮爾曼(Phil Perman)，已在一九二三年到一九八四年的讀者來信中，選取了一千九百封印成「給編輯的信」出版。

(g) 此外在圖片方面，非不得已，不用呆板的人頭照片，圖片說明，也力求新奇、引人注目。

(二)寫作風格:

魯斯所標示的寫作風格，綜合來說，可簡單的歸納爲三點:

(1) 打破五W一H的傳統六何導言寫作形式，用敍述體寫新聞。

(2) 注重修辭、不避雕琢與冷僻字眼。將一般人名字完全拼出，不用簡寫。

(3) 慣用倒裝句法，用大堆形容詞，使用強有力動詞和附加註釋。例如，避用「他說」(he said) 的老套，而改用「衝口而出」、「咆哮」、「反駁」等充滿動感的字眼。

美國「新聞週刋」與「美國新聞與世界報導」近年來特別注重美工設計的視覺效果，以求引起讀者「看」雜誌的意願。但「時代」早在一九七七年時，卽強調彩色圖片的運用，經常透過美工的設計，以跨頁大幅圖片來處理重大新聞事件的圖片。

這三大美國新聞周刋的做法，不外是想藉「新包裝」來應付激烈競爭的挑戰，除了他們三者之間的競爭外，專業化期刋的興起，國內報紙注重美工，強調色彩的傾向，也都是壓力。

不過這三本雜誌的做法，也付出了相當大的代價。據估計，自一九七九年以降，它們共損失了超過五千餘頁的廣告版位。

第四篇　「時代」的內部作業

在今天，大眾傳播事業的發展是驚人的，報導新聞方面，和普通的廣播、電視相比，每日出刋的報紙已經不算快。何況，近年來許多國家又出現了所謂的「新聞專業電臺」，一天二十四小時，除了廣告之外，隨時把世界各地最新的消息傳給大眾。隨著電傳視訊的發展，幾年之後，一般人甚至可以坐在家裏，裝上接收機，像上餐館點菜一樣，隨時「點」他所希望知道的新聞。在這樣的情形下，一本一星期才出版一次的「新聞」刋物，是如何應付挑戰的呢？換言之，「時代」的內部組織結構，究竟有什麼特色，使得它能在時代的滔天巨浪中屹立不搖、茁壯成長？

一、集體新聞學

走進「時代」大樓，任何人只要稍微留心一點，就會注意到裏面的工作人員似乎是分屬兩種全然不同的類別；其中一類西裝畢挺，由領帶顏色到襯衫、外衣一定是成套的；頭髮、皮鞋光可鑑人。與紐約市商業中心地帶每天熙來攘往的大小企業家並無二致。

另一類，卻是截然不同的。他們中間有的頭髮散亂，滿面于思，有的嘴裏啣著煙斗，穿著工人式的背帶褲，或寬鬆的套頭毛衣，神色顧盼之間，也和前者大異其趣。這兩「類」人，便是「時代」經理部和編輯部工作人員的素描。有「藝術家派頭」的，自然是編輯部門的人員。

由於工作性質不同，經理與編輯部門人員的上下班時間也不一樣。經理部的職員，每天早上八點多，一定會端坐桌前，下午四點半以後，便不見蹤跡，一星期五天均是如此。編輯部的時間卻完全視工作天來決定。如果有人不知情，在星期一早上到編輯部去找人，他會發現十室九空，整個編輯部就像一個剛剛打過仗的戰場，「躺著」橫七豎八的報紙、稿紙和書刋。偶然早到的人，也是睡眼惺忪、無精打采。但是星期四的早上，有的編輯，會帶著一個小包來上班。原來由星期三開始，編輯部的工作就進入緊鑼密鼓的階段，到了星期四，常常要到夜晚十一、二時才下班。一些家住郊區的編輯，索性在附近旅舍中過夜，以便第二天一早再接再厲。那個小包裹，便是他們的梳洗用具。

和其他的新聞媒介比較，「時代」在內部組織結構上最特出的，還是編輯部門。在「時代」草創的時期，編輯部的主要工作是改寫新聞，大部分的工作落在寫稿編輯（writer）的身上，研究編輯（researcher）通常兼任秘書和校對，完全是輔助的性質。但是多年來在內容蛻變的過程中，搜集資料和採訪的工作漸形重要，研究編輯的任務改變，大量的特派員也加入了編輯部的工作行列。寫稿編輯雖然仍負責總其成的工作，但是其地位和角色和當初已大不相同。「時代」的特殊作業方式，就是上篇所說的「集體新聞學」。❶

「集體新聞學」與一般新聞採訪寫作的最大不同處，即是報導並不採取一貫作業的方式，由採到寫，由一名記者單獨完成；相反地，「集體新聞學」在收集資料、採訪、寫作、核稿和校對上都各有不同的人負責。因此，「時代」裏面的文章，除了極少數例外，幾乎都是不署名的。換言之，每篇文章都是一羣人共同努力的成果。

一本「時代」除去廣告，每期約有七十多頁。爲了這幾十頁的內容，「時代」雇用了八十餘名特派員，分駐全球各地，兩百至三百名兼職通訊記者，五十餘名研究員，和四十餘名寫作編輯。版面、美工、攝影和編輯還不計算在內。這麼龐大的一個組織，他們的任務究竟是如何分派的呢？

一個新聞機構，自然以記者爲其靈魂。「時代」固然有通訊社及全球各大報爲其消息來源，在各地仍然派有它自己的記

---

❶ 「集體新聞學」(Group Journalism) 和「時代」關係密切，在一九四七年以後，魯斯卻開始反對使用這個名詞。他在寫給當時任編輯主任畢令斯的一封短函中說：
「無疑地我們是致力於，也無法脫離這所謂的『集體新聞學』。我們贊成羣體工作、合作和分工；我們相信兩個以上的人的智慧合起來，總勝過一個人。我們認爲知性的合作是好的……但我們卻不以爲個人的責任、想像力、智慧等應受到『集體新聞學』的壓制。」

者。「時代」的記者因爲不必每天發出新聞稿，工作的性質也與普通的記者不同。根據「時代」前任通訊組負責人理察・鄧肯 (Richard Duncan) 的看法，特派員的主要任務有下列這幾項:

1. 每星期繳交「建議稿」。也即是特派員駐在的地區內，在一星期當中發生了哪些新聞，是值得「時代」報導。這種線索稿件通常以固定的簡要方式書寫，以利編輯作決定。

2. 收到總部的指示電後，在當地採訪，或以其它的方法收集所需要的資料。

當然，特派員的工作量是隨時事的變化而定的，如果確實沒有值得報導的事故，特派員也可以到各地旅行，與人們晤談，主動發掘消息。

「時代」在世界各地除有特派員和新聞辦事處之外，還有約兩百至三百名兼職的特約記者。特約記者通常不定期的拿稿費「或按時計酬」。他們不主動提供線索，只有接到指示電時，負責採訪和收集資料的工作。

除了通訊記者和特派員之外，研究編輯也負有部分採訪的任務。「研究編輯」顧名思義，自然是以「研究」爲主，也即是在一項專題確定之後，儘量由圖書館或資料室中收集有關的材料。必要時，也走訪學者專家，如果不是當地可以收集到的資料，研究編輯負責向各地的特派員或通訊記者發出詢問電，請求協助。不知是否巧合，時代的研究編輯，多數由學歷頗高的女性擔任。

由特派員、通訊記者和研究編輯的工作來看，我們就可以知道他們的主要任務是收集資料，記錄下來，但是並不負責撰寫最後的「成品」。換言之，他們只負責買菜，掌厨者卻另有其人，即是「寫稿編輯」。

「時代」的寫稿編輯當中，有部分是資深的特派員或研究編輯。他們的工作只有一項，就是把記者和研究編輯收集得來的資料，寫成報導。

寫稿編輯的工作看似簡單，實際上卻不易應付。一星期裏，他們全部的寫作量不過兩百五十至三百「行」(lines)，大約三千字左右，工作時數不過十餘小時。但是，這全部的工作，往往必須在一天，至多兩天中完成。換言之，他們必得在極短的時間當中，「消化」大量的資料，以最快的速度寫出世界一流水準的報導。

一星期當中，星期三通常是寫稿編輯最忙碌、緊張的時刻。但這並不表示他們不工作的時候，就可以游手好閒。相反地，他們在嚴格的要求和高度競爭之下，必須閱讀大量的書報雜誌，或與人晤談，以保持豐富的常識。對某一方面、某一問題的專門知識，更可以使得寫稿編輯成爲「權威」。

寫稿編輯除了得要有豐富的知識，和一支又快又好的筆之外，他還有一個很重要的任務，就是綜合各種不同的觀點，儘量寫成客觀的報導。

如前所述，「時代」並非純粹敍述時事的刋物。報導中，常常免不了包含意見和評論。當然，任何的意見和評論都應有其事實和理論上的根據；嚴格地說，也不應偏袒任何一方。然而今天的許多問題，尤其是值得「時代」報導的問題，往往牽涉的範圍極廣，內情複雜，專家、學者和當事人看法見仁見智，要寫出一篇令絕大多數人滿意的文章，實非易事，因此在內部作業上，也格外謹愼。

「時代」規定，寫稿編輯所完成的報導副本，必須分送研究編輯、特派員、及主編該版的編輯核對、修改。換言之，買菜的人對厨師炒出來的成品，仍有表示意見的權利。而這些人因爲想法、背景、立場不同，爭執也是常有的。

爭執發生後，自然要有仲裁的人。一版的主編通常是最初步的仲裁人，如若無法解決，就要「上訴」到副總編輯，最後才是總編輯。而總編輯的決定不論好壞，都將由他個人負全部責任。當總編輯的人，似乎並不頂樂於擔任這種仲裁人的角色。當雷克夫（Ray Cave）任執行總編輯時，他辦公室的牆上貼著一幅標語，上面寫著:「Managing Editor's Indecision is Final」(執行總編輯是最後一個猶疑不決的人)。

每一期的「時代」都有幾個固定的版面，如國際版、國內版、經濟及工商企業，和藝術、科學、電影、書評、教育、體育等等。國內、國際和經濟版統稱爲「前部」(Front-of-the-book)，其餘的各版不定期出現，也比較沒有時間性，則稱爲「後部」(Back-of-the-book)。

「後部」的編輯工作是由星期一開始，到星期五爲止。而「前部」的工作日程表則延後一天，也卽由星期二開始，延伸到星期六，以便處理臨時發生的新聞。每一版皆有主編的編輯，「後部」各版由於不定期出現，常由一個主編負責兩、三版。

「時代」的編輯部既然分工如此之細，規模又如此之大，它的工作究竟是如何推動的呢？仔細分析起來，關鍵全在編務會議。

「時代」的編務會議在種類和次數上，可能是其他的新聞媒介少有的。不單是編輯部的主管，就是一個普通的編輯，在一天當中所開的會，也可能有兩、三次之多。每次開會討論的題目不同，有時是要選擇圖片，有時是決定報導的長度，有時是內容的取捨，參加討論的人也小同大異，有時是研究編輯和版面編輯，有時是版面編輯和各版主編……。唯一的共同點，也許就是高度的效率。

由於參加討論的人通常不在少數，而主管人員又經常要務纏身，召開會議並非易事。為了等一、兩個人而拖延開會的時間是常有的事。另一方面，人數一旦到齊，決策的過程卻通常是快速而俐落的。不客套，不拖泥帶水，也沒有官樣文章。需要在會議中解決的問題，通常在半個小時，至多四十五分鐘內便見分曉。嚴重的爭執並非沒有，卻不常見。

仔細地歸納起來，編務會議可以分為幾點。每個星期一開始，編輯部的工作，便由各地新聞辦事處的編務會議揭開序幕。這項最初步會議的目的，是商討一星期以來，發生在該地區的新聞，決定究竟哪些是值得進一步發掘、報導的，這些線索單經由電訊送給各有關版面的主編。

各版主編在接到這份名單之後，立刻分別在總部召開另一次編務會議。這次參加開會的是一版的主編、研究編輯和寫稿編輯。他們根據各地新聞辦事處提出的線索單，逐項討論，同時提出自己的意見，擬訂一個初步的大綱。

各版主編在大綱決定後，和負責該一部門的副總編輯開另一次編務會議。一方面報告綱要，一方面討論版面的容量，將大綱作適度的修改，會議結束後，主編依照修正過的大綱將任務分派給研究編輯和寫稿編輯。這時，寫稿編輯才確知他這個星期大概要寫些什麼，但是仍然不能完全肯定。因爲新聞總是不斷發生，在最後的截稿期限之前，他總有可能會接到臨時分派的任務。

通常，一名研究編輯有兩天的工夫經由訪問、詢問電報和圖書館中搜集到所需要的資料。星期三一整天，是寫稿編輯的緊張時刻。他必得在一兩天當中，完成分派的任務。而整個編輯部的工作，也由星期三開始進入緊張的狀態。如前面提到的，工作人員不但常常忙得沒有時間吃飯，甚至沒有時間回家睡覺。早上，他們帶著梳洗用具上班，晚上工作到午夜，就在附近的旅館中下榻，如此一直忙到星期六。

無疑地，新聞雜誌在時間性方面所受的壓力不及報紙。但是爲了不至於「太過落後」，它的作業必須保持相當的彈性，使得一星期當中，發生得較遲的新聞也能夠及時收集刊出。因此除了一般的工作人員在星期三以後較爲忙碌之外，研究部更雇用了大批的兼職研究編輯，他們當中有主婦，也有學生，由星期

三、四開始上班，以便遲來的報導仍然能夠經過妥善的處理才與讀者見面。有的時候，遇到十分緊急的情形，只好換版遲出。例如以色列突擊烏干達，拯救人質，與福特決定特赦尼克森，都是發生在雜誌已經付印之後。如果不作應變的措施，就要耽誤整個星期，只有忍痛「割愛」。當然，如前所述，也有不及換版的情形。

「時代」編輯部所力行的集體新聞學固然爲其特色之一，它的電腦作業也發揮了相當大的功能。在程序上，寫稿編輯完成了報導之後，便依其代號，儲存在電腦裏，由電腦印出拷貝，分送研究編輯和特派員核對內容和文字上的錯誤。所有的錯誤或增刪，都立卽在電腦上解決。編排的工作，也在與電腦相聯的螢光幕和鍵盤上完成，待一篇報導可以付印時，就譯成電腦語言，傳送到各地的印刷廠。

時代的雜誌王國在一九七〇年代就有了電腦中心，負責所有刋物的編排和校閱工作。如果沒有這種設備，就是以數倍的人力和時間，恐怕也不足以應付這個雜誌的需要。

「時代」有八個海外版。基本上，它們的內容是相同的，只是重點不一樣。例如歐洲有歐洲的專欄。專欄中的報導，有些是美國版中所沒有的，也有的是取自美國版中的國際欄。亞洲版雖然沒有地區性的專欄，卻有特大的國際新聞欄。爲了迎合世界性的讀者羣，美國版中一些「美國趣味」較爲濃厚的報導，如體育或教育的報導，多半被醫藥或科學方面的新發展所取代。

任何企業化的新聞媒介，都少不了一個強有力的經理部門。

「時代」的編輯部固然重要，經理部的地位卻是與之平行的。發行人和總編輯便是「時代」的兩個主要部門的負責人。在「時代」創業的初期，魯斯曾一度身兼二職，但魯斯辭去總裁的職位之後，發行人與總編輯的分工便愈趨明顯。魯斯慣於以下面的幾句話來形容發行人和總編輯之間的關係:

「每一本雜誌由發行人和總編輯負責領導，發行人必須顧及雜誌的所有層面——也卽是它的一般狀況，他對雜誌的盈虧負責，但卻不可對總編輯下命令。發行人對『時代與生活公司』的總裁負責，而總編輯向總主編負責。至於總裁和總主編之間的關係，則是一項秘密。」

雖然魯斯沒有指明，發行人與總編輯之間的默契和密切的協調，幾乎是不可或缺的。

「時代」企業的經理和編輯部門各有職掌，用人也有不同的原則。編輯部門重視經驗，絕大多數的寫稿編輯和版面編輯都是由其他的新聞媒介，或教學、寫作等工作上轉業的。而且他們之中，只有約計三分之一的人受過專業的新聞科系教育。其他的則經濟、文學、歷史，無所不包。除了極少數，初入「時代」編輯部工作的新手，都被派任較爲次要的工作，如研究編輯，或企業組織內部刋物的編輯。「時代」的主管們認爲，這種「在工作中學習」的辦法，是訓練編輯人才的最理想方式。

另一方面，經理部的工作人員大多數是由長春藤盟校（Ivy League），也卽東部一流私立大學的企業管理系畢業生中，經過嚴格挑選後聘用的。他們年輕、有朝氣、幹勁足，在競爭激烈的新聞事業界，形成不可忽視的力量。

「時代」的經理部門下分爲幾個單位：廣告、推廣和發行。廣告以下又設有市場調查組等。簡單地說，經理部門的任務，是將編輯部辛苦的成果推銷出去，並維持相當的盈餘，以便雜誌繼續成長。

「時代與生活公司」旗下的雜誌，目前幾乎沒有一本是虧損的。凡是營業額連續出現赤字的雜誌，多半遭到停刋的命運。「錢」(Money) 只有數期的生命，而歷史悠久的「生活畫刋」也曾經停刋。但是究竟要有多少盈餘，才足夠維持一本雜誌呢，這便是發行組的工作了。

通常，發行組是根據過去的發行數字預估未來的銷數的，並以此決定每頁廣告的費用。因爲銷數必須維持在一定數目以上，才能得到足夠的廣告盈餘，發行組時常要設計各種推廣和銷行計劃，以打動讀者。但是推銷計劃的本身，也是一項投資。

一九七七年秋天時，出版一本「時代」的成本是兩毛四分美金，但是爲了維持廣告費率所花費的推銷投資，總共達到五千萬美元。正因爲推銷的花費龐大，發行組必須仔細計算每一種推銷方法的成本和效果，以決定重點和取捨。

發行組和推廣組都負責公共關係和推銷的工作，但是兩者對象不同，採用的方法也不一樣。

發行組的對象是一般大眾，推銷的方法包括郵寄廣告單，雜誌挿頁，在其它新聞媒介中刋登廣告，和委託廣告公司等。

推廣組的對象範圍比發行組小；通常是廣告客戶、可能成爲客戶的企業界領袖，甚至於政界、學術界等的知名人士，一方面建立良好的關係和信譽，另一方面也爭取廣告客戶。

由於對象是社會中居於少數的領袖人物，推廣的方式自然與發行組不同；通常是製造一些比較直接的溝通機會，例如舉行酒會、預演電影、舉辦有關時事問題的座談、招待參觀「時代與生活公司」等。

另一個工作的重點，則是和其它的新聞媒介保持良好的關係。「時代」本身固然要有系統地做推廣工作，更重要的是「藉別人之口爲自己宣傳」。因此「時代」在某一個問題上有了新發現，或完成了重要的人物訪問時，都會將要點寫成新聞稿，主動發送給各大報紙和廣播電台、電視台。「時代」的名字在新聞中出現，不但可以提高它的威信，並且使得有興趣追根究柢的讀者，不得不去買一本「時代」。換言之，「時代」藉著一紙新聞稿，便達到了免費宣傳的目的。

推廣組的工作既然不是直接吸引長期訂戶，效果也就不容易測量。因爲如此，推廣組常常無法爭取到理想中的經費數目。曾經主持推廣業務的恩尼·希爾（Ernie Hill）認爲，最大的困難來自內部，也卽是說服主掌預算的部門，令他們相信推廣工作和計畫的重要性。通常推廣組約維持十六名工作人員，和三十多名推銷員。

經常和廣告客戶保持聯繫的另一部門，是廣告部屬下的市場調查組。市場調查組和推廣組負擔著不同的任務；前者偏向於用科學性的資料作說服的工作，而後者側重於建立良好的友誼和塑造「時代」權威的印象。

「時代」和許多其它的新聞媒介一樣，定期做讀者的抽樣調查。有的調查，是由專門做市場調查的公司負責。這一類調查通常是定期舉行的，所調查的對象，也不限於「時代」的讀者，而是包括了其他兩本競爭性新聞周刊「美國新聞與世界報導」和「新聞週刊」的讀者。調查項目包括閱讀內容、讀者的收入、資產、投資活動和旅遊情形等。在調查報告中，將三本雜誌讀者的資料分別列出。廣告客戶一目瞭然。

委託市場調查公司所做的抽樣調查，只是「時代」提供廣告客戶的部分資料。「時代」本身的市場調查組共有四十名工作人員，無論在規模和預算方面，都是其它雜誌難以望其項背的。這四十名工作人員分別負責不同種類的廣告客戶：國際、旅遊、時裝及手錶、相機類。他們根據客戶的需要，另外設計調查的方法。例如旅遊組的人員，便經常將問卷置於飛機座位上，請旅客填寫。

有了資料，下一步的工作便是利用資料，說服廣告客戶，使他們相信「時代」的讀者正是他們貨品的銷售對象。這項任務通常是藉各種簡報完成。平時，廣告部也向客戶提供各種服務，例如贈送大批印著「時代」標誌的文具、用品等。市場組也隨時和推銷員保持密切聯繫，替他們解決困難。

曾負責「時代」銷售業務的海倫·柏恩斯坦(Helen Bernstein)說，「時代」的廣告和編輯部門很少發生衝突。幾乎沒有文章會因為損害廣告客戶的利益而被排斥。這個原則可能會失去少數客戶，但是就長遠看，「時代」保持了信譽，所作的犧牲仍是値得的。「時代」編輯對廣告客戶的最大讓步，不過是把廣告和有關的文章隔開，避免使兩者同時出現在讀者面前。

和編輯部一樣，「時代」的經理部也有部分是與其它雜誌共有的，組織龐大，難以一一詳述。但是數十年來，經理部門對於「時代」的貢獻，是無可懷疑的。在競爭劇烈、社會變遷迅速的今天，新聞事業必須要以企業的方式經營，才能立於不敗之地。「時代」便是一個成功的例證。

由一九二三年到今天，六十三年來，「時代」以獨特的報導風格，爲歷史性的新聞作了權威的見證。在讀者的眼裏，也許「時代」裏有些文章的確「要不得」，甚至會有人認爲，有幾期「時代」的內容眞是「糟透了」，但是「時代」這兩個字在新聞報導上所代表的意義，多年來並未改變。

「時代」的成功，表示在分秒必爭的新聞報導領域裏，「慢半拍」的深度報導仍然有其存在的價値和意義。事實上，「時代」所受到的考驗一直是多方面的。廣播、電視和傳眞機的發明和普遍化是一種挑戰，另一方面，來自其它新聞周刊的競爭壓力，也使「時代」的工作人員不敢稍懈。

目前與「時代」競爭最激烈的兩本新聞雜誌「新聞週刊」（Newsweek）和「美國新聞與世界報導」（US News & World Report）也有著悠久的歷史。兩者同在一九三三年，也即「時代」成立後十年創刊，同樣都以深度報導取勝。唯一的差別，是文字較爲平實，在內容方面，「美國新聞與世界報導」

也不如「時代」豐富。但無可諱言的，這二本都是具有相當水準的新聞周刊。

在銷數方面，「新聞週刊」時時威脅「時代」。但是直到一九七〇年代末，估計仍落後約一百萬份。「美國新聞與世界報導」落後更多，總銷數大約在兩百一十萬份左右。這個數字代表了雙重的意義；一方面，「時代」比其他兩種刊物更具吸引力，另一方面，三者能夠並存，證明美國的讀者，無論在經濟能力或知識水準上，都能接納一種以上的新聞周刊。

附釋：某些新聞學者將「時代體」的報導結構，列作「背景式」的報導形式。如用圖形來表示，它的結構是這樣的：

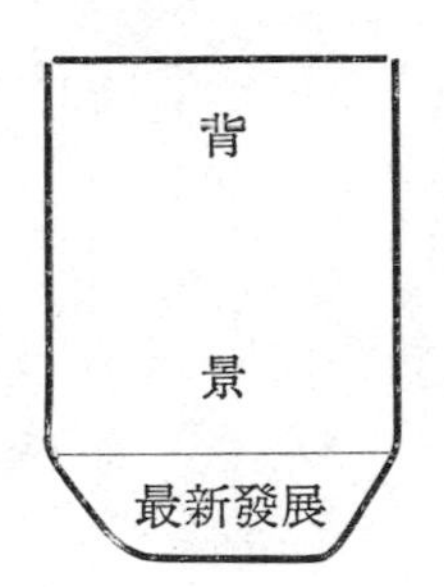

第五篇 「時代」編輯部的各項運作

一、五個工作天

「時代」周刊編輯部有五個工作天，但是哪五天也要看各個部門而定。國內、國際，生死婚喪欄和圖表部：由星期二至星期六，其它部門：由星期一到星期五。

（一）第一天

第一天國內及國際版於上午十點半至十一點左右召開編輯會議，參加的人包括寫稿編輯，主編，研究編輯，研究部主任，相片研究員，新聞服務處代表。其它各版的會議在星期三或四召開，於下星期一再度會商，討論數天內的新發展。開會的主要目的是討論特派員所提的各項建議，或由報紙、通訊社、各機關發布的新聞稿及同仁所提的線索。最後由該版主編決定要著手撰寫哪些報導，但名單上所列出來的並非不可變更；未來數天內，仍會因爲新的發展或事故，而增刪名單上的項目。

在開會以前，一名研究編輯必須要有充分的準備。先將積存的公文整理清楚，閱讀特派員所寄來的線索，當天的報紙，拆閱信件。對國內及國際版的研究編輯，華盛頓及世界各地發出的備忘都很重要。周日假期的報紙也是必須要閱讀的。

開會完畢以後，各人分配的工作，研究編輯必須與寫稿編輯立即商談寫作的深度及廣度，需要什麼樣的資料。在初步商談之後，研究編輯發出詢問電，並到資料室及圖書館收集資料。如果需要採訪，必須儘早安排，同時在採訪完畢後，立即著手寫稿。在採訪時間確定後，通知相片研究員，以便安排拍照事宜。

（二）第二天

這一天當中必須把所有的研究及採訪工作做完。（由於新事件不斷發生，也可能會有例外。）研究編輯不能冀望特派員，會將一個線索的背景資料，解說得十分詳盡。研究編輯的首要職責就是發掘一件事的背景資料，並隨時注意到有趣的小故事和能發人深省的「引語」(quotes)。

閱讀剪報和特派員的通訊稿，常會觸發更多的研究工作。舉例來說，如果一個研究編輯正在爲武器管制的問題收集資料，看到剪報上提到總統在兩年以前，曾經建議議會立法，但未被接受，研究編輯就應設法了解總統那次提案的動機、背景，以及相關的種種事件。這些資料可能會對新的報導有極大助益。事實都是相互關聯的，研究編輯知道得越多，查核稿件時也越能勝任。

（三）第三天

這一天應該開始了核稿的工作，除了國內及國際版，各版主編先與副總編輯，再一同去與總編輯商談改動過後的內容。核過的稿子必須儘快送出，在工作進行當中，總會有許多新的事件發生，在這種情形之下，研究工作必須仍然按照一定的程序進行，並且必須要一樣的徹底，只是研究編輯必須在極短的時間內完成作業。在決定增加或刪除某篇報導後，得立即通知相片研究員。

（四）第四天

這是核稿的日子。在星期四晚上以前必須將國內、國際版以外所有的稿件審核完畢。星期五晚上以前必須儘量將另外兩版的稿子審核完畢。

星期四開過首次編輯會議之後，科學、藝術等各版的詢問電必須儘早送出。

（五）第五天

國內及國際版的研究編輯和編輯們，這一天要做最後的核稿、修改。其它各版應該已經開始著手下個星期的作業了。

國內及國際版星期五下午或晚間拼版。星期六中午以前所有的稿件應該交齊。

此外還有一些注意的細節：

1.為每一篇報導準備副本;

2.歸還向圖書館及資料室借出的書刊;

3.寫信謝謝被訪者或提供資料的人士。

二、研究編輯的任務[1]

研究編輯有兩項最重要的任務:

1.為新聞寫作提供有力的背景資料, 加強寫稿的深度及趣味性。

2.核對稿件中所擧各項事實的眞確性。

研究編輯本身不需要是一本活的百科全書, 但是他必須知道如何發掘有用的資料、數字及整理出一件事的來龍去脈。「時代週刊」的消息來源包括了十個國內的新聞處, 二十五個國外新聞處, 二百名特約撰述或是兼任的特派員, 「時代週刊」的圖書館及書刊服務處、剪報處, 住在紐約及其他地區的專家或學者。

「時代週刊」的研究編輯必須有以下的條件: 聰敏、好奇、熱誠、判斷力強, 了解如何從各方面收集資料, 一名研究編輯可以發展他本身的興趣、專長, 進而使雜誌也受益, 但是對一個題目並不絕對需要有事前的詳盡了解, 事實上, 以嶄新的態度和方法來探討一個問題可能更爲有利。一名優秀的記者知道去問讀者想要問的問題, 而一名研究編輯必須隨時保持彈性,

---

[1] 在「時代週刊」中, 若研究編輯兼記者職者, 稱為 "Reporter-researcher"。

並對當前所發生的事有高度的警覺性，對於詳細了解時事，有兩個主要的途徑——

一、將「時代週刊」由頭至尾仔細地閱讀。

二、每天早上花工夫閱讀「紐約時報」。

閱讀「紐約時報」的捷徑是先看第一版的新聞摘要，然後瀏覽第一版的大標題，看到研究編輯認爲是重要或相關的再仔細的閱讀。但是對於其它的版，例如體育、時裝、華爾街消息及影劇也要有相當的認識，按時收聽電視及廣播新聞也很有幫助。除了按時閱讀「時代週刊」和「紐約時報」之外，研究編輯同時還必須要閱讀其它的雜誌、通訊社新聞稿及新聞簡報。

一名優秀的研究編輯必須知道如何主動地尋找資料，時時問自己究竟可爲這一個報導貢獻什麼，並與負責寫稿的編輯商討。編輯與研究編輯的關係就像搭檔的伙伴，必須要彼此尊重，並協力創造出最完善的報導：言之有物，有新聞性、吸引力，易讀，正確和客觀。要建立起這樣的關係，是必須要靠雙方間互相諒解的。

（甲）研究的範圍

一位「時代週刊」的編輯，曾經形容他工作的妙訣是要知道哪些材料是可取的，哪些是可捨棄的。就某一角度而言，這位編輯道出了新聞這一行的根本事實：任何新聞都必須要經過選擇。研究也必須本著相同的原則，無論是什麼題目，圖書館，資料室中都會找到大量的資料，研究編輯必須能夠分辨出重要和相關的部分。研究編輯必須時時記住一點:「時代週刊」的報導是有人情趣味的，所以名言，有趣的小事故或一些不起眼的小節都需要密切的注意。

雖然圖書館的資料已經很豐富，研究編輯不可忘記紐約市是一個臥虎藏龍的地方，幾乎所有的題目，都可以找到有關的專家，除了收集一個專家名册外，研究編輯必須和這些專家們保持良好的關係，時時聯繫。另一方面，也不可過分騷擾別人，以免引起厭煩。

一名研究編輯必須要記住每一件事都可能有許多種看法，他得保持客觀的立場。凡是發生爭執，「時代週刊」一定要顧全各方面的說詞。有時報紙過分渲染，或忽視了某一事件，「時代週刊」的任務就是要賦予適當的「時代意義」。

「時代週刊」是一本新聞雜誌，它的消息必須是最新的:最新的統計數字，最新的發展。研究編輯工作的一部分卽是查核最新的資料。引用過時的資料可能造成笑話。

(乙) 詢問電

「詢問電」是由紐約打到全世界各地「時代週刊」特派員及特約撰述的電報，目的是要求他們就某一特定的題目採訪或收集資料。他們的答覆不但要提供所須的消息，並且須告訴總社當地所發生的新聞。

詢問電有兩種:詢問某一方面的消息，和要求核對某項資料。有時特派員也會詢及他們對某種情勢的看法，調查傳言的來龍去脈或注意某一局勢的發展。

寫詢問電的方式每一個部門不同，但是內容必須要簡捷中肯。詢問電通常是在一個報導的題目確定之後發出，有時由編輯寫，有時由研究編輯寫，也有時由兩人共同撰擬。寫好的詢問電先交給該版主編過目，再送到各地的新聞處。研究部主任、編輯、相片研究員及資料室均有一份，研究編輯自己也保留一份。

研究編輯可以由新聞服務處，取得新聞處的地址及特約撰述的名册，詢問電必須送到各新聞處去，如果事件發生的地區沒有新聞處，就由附近的新聞處來決定是否要調派記者去採訪，或通過特約撰述取得所要的消息。

詢問電上必須寫明是哪一版需要這項消息，以及究竟需要的是什麼消息。如果詢問電的受文者正是提供線索的特派員，電文通常較短，只要求就某一部分作進一步發揮，或提供所需要的其它資料。如果受文的特派員並非提供線索者，詢問電上就必須說明擬訂的報導的內容要點、範圍、大概的長度，有待答覆的各項問題，或任何其它可能有所助益的消息。爲了避免重複，詢問電上必須說明總部已經掌握了些什麼資料。但在各種情形下，詢問電都必須扼要，問題也要有一定層次。研究編輯必須記住特派員沒有辦法測知他心裏所想的事，詢問電是唯一的線索。

詢問電上一定不能忘記寫明截稿時間，在訂下截稿時間時，尙要考慮到世界各地時差的問題，也要給對方有足夠的時間回覆。

詢問電要及早發出。但在發電之前先要資詢圖書館及資料室，確定所需要的資料是無法在本地得到的，否則在人力，時間和金錢方面都是浪費。如果特派員的答覆在截稿時間過了許久後仍未到達，可以向新聞服務處查詢，由新聞服務處決定是否該去電報或打電話催稿。研究編輯通常不自作主張。

（丙）採訪、檔案和作筆記的指南

最新和最有用的資料通常是由採訪所得的。

在採訪之前，必須先諮詢圖書館或資料室，對所要採訪的人或所談的事獲得大致的了解。將要問的問題和談話的要點列好一張表，當訪問開始之後，儘量讓對方發揮，但是一方面也要設法將談話引導到記者所希望知道的內容上。對於事先所沒有預期到的線索要格外留心，因爲記者和編輯常會遺漏一些重點問題。記者要用心聽，儘量發問，發掘消息、意見和對方所持獨到的觀察。記者本身的意見只是用以刺激對方發言，並不能反賓爲主。在採訪名人時要注意他的儀表，居所或工作環境以及生活方式的種種線索。注意小故事或引喻的話語。

記者要學習強記，但也不可完全依賴記憶。記筆記非常重要，筆記越好，將來寫稿也越容易，人名、地名、統計數字和日期尤其重要。許多被採訪的人甚至歡迎記者隨身携帶錄音機，這時引用對方的話和掌握談話氣氛有很大的助益。但是完全依賴錄音機也不切實際，僅是記錄和整理錄音內容，便要花費許多時間，許多記者和研究編輯認爲同時記筆記和錄音是最好的，但錄音主要還是在補記憶不足之處。

接受「時代」訪問的大多數的探訪對象，都不反對發表他的談話內容，但是有時也會要求記者對消息來源保密，或根本不予發布。記者在筆記中也應註明哪一部分是不可以發布的，或哪一消息來源需要保密。

採訪後要立即把稿子寫出來。參考筆記，寫出大綱，然後再在記憶中搜索可能遺漏的細節，例如「色彩」及情況的描寫。下筆時要有選擇性，在稿中將適用的資料簡單、扼要的陳述出來，最好直接用打字機或文字處理機擬稿。文字要簡潔，不要舞文弄墨。事實、引用語及小故事是一篇出色報導所不可缺的，它們使得文字生動。如果記者的採訪對象是愚鈍或充滿機智的，不要就這樣作直截了當的形容，而讓他自己在行動或談話中表現。明確的例子或資料，遠比含混的辭句有用，通常寫稿的人要避免使用第一人稱，同時也不要加入私人的意見。記者要記住：初稿不止是寫給自己一個人看的，還有主編、寫稿編輯、特派員，或資料室管理員等都通通要過目。

每一篇稿子要打好字，並加上標題。每一篇要用複寫紙複印四、五份分派給研究部主任、編輯、該版主編、資料室和自己存底，無論文法、標點和拼音都不應有錯，打字也要合於一般規格。開頭的小標題應採取以下格式——

送呈：□□部門（國內、國外、財經……）

交稿者：姓名

稿件名稱：□□□

資料來源：（被訪者姓名、職稱、地址、電話號碼）

寫得極爲出色的稿件，將由研究部主任送交新聞服務處分發以爲範例。

由圖書館及資料室中所得到的資料，無論是舊剪報、書本或雜誌，也都非常重要。根據這種資料所作的筆記可長可短。它必須要組織、綜合各處的資料，以節省寫稿編輯的時間，這種筆記的形式規格與採訪筆記相倣，也須列明資料出處（書名、作者姓名、年月日……），如果研究編輯對資料的取捨實在無法決定，可以將該篇文章摘要及列明出處，交給寫稿編輯，由寫稿編輯決定。

在特派員將主要稿件送來之前，研究編輯必須爲寫稿編輯準備一個檔案夾，裏面包括以下幾項資料——

1. 線索，或觸發寫稿動機的報導；
2. 所有詢問電副本；
3. 該項問題的最新發展，或較出色的相關報導的剪報。
4. 研究編輯的採訪或研究報告（筆記）。

極爲出色的研究報告有時也會直接發表。

（丁）提供線索

研究編輯的首要任務是爲本版提供線索，但對其它版所提的線索通常也受到歡迎。線索可能由新聞中，生活經驗，談話之類得到靈感，線索書寫的格式應該與特派員所寫一致，交由副總編輯，認爲可行後再轉交新聞服務處分發。

（戊）核　稿

「時代週刊」的報導有許多不同的層面，但最重要的便是正確性。特派員、寫稿編輯和研究編輯都希望能將所發生的事綜合作正確的報導。核對報導的正確性是研究編輯的最重要責任。

核稿卽是核對姓名，年齡，地點，日期，統計數字。除此之外，研究編輯也要注意檢查所引用的資料，以及最後的結論是否合乎邏輯。一篇報導可能沒有任何細節上的錯誤，卻會令人對一件事產生錯誤的印象，研究編輯必須由整體著眼。當小錯誤或遺漏發生時，可以就教專家或以電報向特派員詢問，如果錯誤情形嚴重便得與寫稿編輯商榷，並將改正後的稿子副本送給該版主編（無論主編是否已開始看稿）。核稿必須儘快完成，也不要心存僥倖，冀望主編改正一切。

引用的話語必須正確。如果要刪節，也不可有斷章取義的情形。假使是重述某人所說的，就不必使用引號。統計數字也應小心使用，不能令人造成錯誤印象，如果有辭句發生法律糾紛之虞時，則應先行與研究部主任諮商。

在核過稿件送交研究部主任之前，研究編輯與寫稿編輯逐字逐句檢討一次。研究編輯則提出他所發現的錯誤及遺漏之處，或原始資料與報導相互矛盾的地方。這種討論並非爭意氣或比高下的場合，而是要彼此合作，使一篇報導能達到正確無訛的地步。若研究編輯與寫稿編輯爭持不下，則須與研究部主任諮商，倘仍無法解決，則由主編而總編輯。總編輯的決定，是最終的決定。

研究編輯也必須注意到「建設性建議」與「吹毛求疵」的分別。

(己) 報導錯誤

當「時代週刊」有錯誤發生時，必須立即改正。原先負責查核的研究編輯要塡一張紅色的「錯誤報表」，交給資料室及圖書館，使錯誤不至於重複發生。

指正錯誤的通常是讀者、同事或特派員。一遇到這種情形，研究編輯要立即採取行動。如果是對方錯了，也要送一分備忘錄給指認錯誤的人或部門。

三、相片部

「時代週刊」的相片部負責整個雜誌的圖片新聞。相片研究員的首要責任是爲每一篇報導收集最好的圖片。雖然負責文字部分與圖片部分研究員有不同的任務，但兩人必須密切配合。所以一篇報導有增刪時，文字部分研究編輯必須立即通知相片研究員。

與文字部分的研究編輯一樣，相片研究員必須富有想像力、常識，同時對相片圖表有獨到的鑑賞力。

每一個或數個版就設有一個相片研究員，每星期一的編輯會議上，會討論到圖片的問題，當報導名單列出來以後，相片研究員就要立即開始工作。

在派攝影記者出去拍照之前，相片研究員最好先向各方查詢，看看是否已經有類似的相片，查詢的對象包括「時代週刊」本身的照片收藏室（每一套相片均經編號，加上標題，然後以圖書館方式存檔），紐約當地的相片代理商，博物館，以研究歷史爲主的俱樂部，科學實驗室，報紙及獨立攝影家。如果所需要的相片的確無法得到，研究員便得儘快派攝影記者出去。

對紐約當地的報導，研究員與攝影記者約定一個拍照的時間。另一方面則由文字部分研究編輯，提出有關該採訪對象或主題的參考資料。

對於外地的報導，相片研究員就必須打電報給特派員，電報中得說明究竟所需要的是什麼，圖片中應表現什麼，及什麼時間以前必須送來。對於臨時發生的事，相片研究員常常直接以電話與特派員或特約撰述聯絡，然後再以電報確定。

在星期三左右，相片研究員已經收集了一套圖片，編輯、主編及總編輯便由這些圖片中挑選最好的出來。除了供應圖片外，相片研究員還必須要提供圖片說明的材料。圖片說明的內容必須簡單扼要。所有圖片中的個人或物體都必須說明，拍照的時間和地點有時也非常重要，說明的內容得指出圖片表現了什麼，避免使用「激烈分子」或「左派」等意義含混的字眼。如果對圖片中的人的身分有疑問，要立即設法求證或澄清。研究員同時要註明該相片或圖表資料的供應者。

在一星期結束時，所借得的相片必須退還原主或相片檔案。

對於新聞辦事處所送來的相片，研究員要寫一份簡單的評審表，說明哪些被採用了，哪些沒被採用，原因為什麼，連同相片一起退還。

「時代週刊」本身有暗房設備。彩色相片部工作人員較少（約七、八人），大多數的彩色底片或幻燈都送到柯達去冲洗，但黑白冲洗部門則相當龐大。通常黑白頁的印刷費僅為彩色頁的三分之二。所以每期的彩色頁有一定的頁數（八頁上下）。

「時代週刊」通常用透明片（transparents），而不用相片。透明片可以放大至16″×20″。用相片時，常常將攝影記者拍回來的一卷相片，以本來的尺寸印在一大張照相紙上，由編輯挑選。印製這種樣品的過程只費時五十三秒。一張普通大小的相片則要費時二十分鐘才能冲印出來。此外暗房尙有放大、縮小及作美工（art work）的各種設備。

四、「時代週刊」新聞服務處

新聞服務處係由分布全球的新聞辦事處所組成，辦事處有全天工作的特派員，及在新聞辦事處兼差的「撰述員」。所有的撰述員與所屬區域的辦事處聯絡。「時代週刊」各個版面設有新聞聯絡處，負責紐約總部與各地辦事處的聯絡工作。除了經手詢問電之外，新聞聯絡處還有以下的責任——

1. 確定特派員提供的線索的確經由編輯過目。

2. 修改詢問電中含糊不清之處。

3. 注意截稿日期是否合理。

4. 注意稿件是否有問題。

一九七七年九月，「時代週刊」共有八十五名特派員，三十二個新聞辦事處，其中有九個辦事處在美國國內，二十三個設在全球各地。辦事處的工作人員均是全天工作。兼差的特約撰述約有兩百至三百名。

特派員的主要工作是提供線索，並在接到詢問電之後負責收集資料或進行採訪。特派員通常每星期均要向總部提供線索，但線索的數量與該派駐地區局勢發展，有極爲密切的關係。如果沒有重要的事件發生，特派員可以出外旅行訪問。最重要的是要與當地人士保持密切而良好的關係。

通常係由新聞辦事處主任決定要請誰爲特約撰述。特約撰述係以工作時數爲領薪標準，但是他們的工作量有極大的伸縮性，有時工作量很重，有時則完全沒有。特約撰述通常只應要求寫稿，不負責提供線索。

「時代週刊」的記者與其它報紙及通訊社記者的最大不同之處是他們通常不去注意表面化的消息，但要留心有特別意義的事件，尋找可以寫深度報導的題材。

特派員以電傳打字 (telex)與總部通消息。

五、設計部

設計部負責所有的拼樣及設計，包括封面。「組版編輯」

(Production editor) 替各版編輯作成大樣，督促負責策劃文字與圖片地位的貼樣編輯，使一切能順利付印。

組版編輯的主要任務自然是組版。在一星期卽將結束時，組版編輯與主編，設計部及副總編輯會商，決定要刋登哪幾篇報導，用哪幾張相片，要費去多少篇幅等等。決定大様之後，設計部開始貼樣，所有的貼樣都要經由總編輯同意之後才定稿。

「時代週刋」的報導是由電腦排字，電腦打出的字體大小及行間距離正如印好的「時代週刋」。

當每篇報導的字數及相片大致確定後，貼樣編輯便開始貼樣，貼樣有許多地方必須注意，例如標題不要放在頁底，相片上方不要出現短行，一字也不成一行。

貼樣編輯 (Layout editor) 決定大致的位置，一旦決定後，就由手下的工作人員負責剪貼。剪貼的工作必須在短時間內完成。以「後部」幾版爲例（科學，教育，藝術等），通常是星期三上午作最後的修訂——究竟有哪幾篇文章，各約多少字，相片圖表——下午作好貼樣，星期四上午與組版編輯，副總編輯及總編輯會商、修訂，星期四晚間送出付印。彩色可以傳眞送去，但是傳眞後模糊不清，質地大爲減低。

設計部下面附設一個圖表部，專門負責製作各種圖表，工作人員包括兩名研究員及二至三名製圖員。通常星期二編輯便會打電話給圖表部，說明要些什麼樣子的圖表，研究員立卽開始搜集圖表所需要的資料，消息來源可能是政府，通訊社，資料供應社，或「時代週刋」本身的資料室或圖書室。

由於通常要在星期二以後編輯才能決定需要什麼圖表，所以工作量伸縮性很大，應付不及時，只好臨時雇請「兼職」(freelance)的製圖員幫忙。圖表製成後通常以空運(air cargo)到芝加哥付印（「時代週刊」的印刷部門設在芝加哥）。就是時間急迫，也須及時送到。若實在趕不及，一些黑白頁可以在星期五早上送出。

在貼樣時，貼樣編輯可以在容許的範圍內發揮或作適度的修正，例如拼樣編輯若留了三頁給兩篇報導時，貼樣編輯便可在圖片位置及大小和標題上做各種變化。若文字太多，可以縮小、或取銷一張相片，亦可在另一位置上放一圖表，貼樣編輯要儘量避免「侵犯」到組版編輯所沒有指定的頁上去。組版編輯如果覺得有需要增加或刪減一篇報導的字數時，可以直接與寫稿編輯協調（爲了組版而作的改變，通常以綠筆註明）。

六、圖書及資料室

「時代週刊」的圖書室是全美最好之一。當一個新的研究編輯剛剛到職時，他總要在圖書室中待一陣子，漸漸熟悉如何運用其中的圖書、雜誌、公司檔案、地圖、電話簿、索引等。

爲了協助編輯部門的研究編輯核對及收集資料，圖書室雇用了一批極爲得力的圖書資料管理員，協助尋找相關的資料或查對錯誤。但是研究編輯不可過分依賴圖書館員，替他們完成所有的工作；相反地，圖書館員只負責找出資料，研究編輯必須決定取捨的標準及資料的可靠性等等。

研究編輯必須就手邊的資料嘗試解決問題。如果不行，可以向圖書館查詢，但問題必須明確，涉及的書刋或雜誌也必須說明得很淸楚。

「時代週刋」圖書館中沒有的書籍，有時可以由其它的圖書館中借到。若有必要，研究編輯可請週刋圖書館中，負責向外借取資料書刋的館員接頭，由對方處理，而不要自己親自出馬。所借來的資料也要小心保管，不能將剪報併放在地板上，也不能隨便用筆在上面塗改劃線。

資料室（剪報室）向「時代週刋」的編輯部提供剪報資料。本地的報紙，倫敦及大多數外地的報紙，會在剪報室留存三個月。研究編輯只能去資料室看，但是不能取走或借出。如果需要三個月以前的資料，通常可以透過特別的經紀人購得。研究編輯要求資料室提供剪報時，也必須說明報紙名稱、日期及頁數，甚至刋登的地位。

七、編　輯　枱

編輯枱是所有「時代週刋」報導的交流點。在編輯枱工作的人員打字，分派及閱讀稿件，一篇稿子由寫稿編輯初稿肯定之後到最終定稿，要記錄所有的修改或更正之處。

當研究編輯將核定的稿件交給編輯枱時，編輯枱就謄淸，成爲黃色拷貝，「核稿編輯」(Copy reader) 再核閱黃色拷貝，檢查標點、拼字、字體、大、小寫等。如果有問題，可以在旁邊註明，以提起主編的注意。

當編輯枱工作完畢後，黃色拷貝便被送到各版主編，原稿則存在編輯枱，除了特殊用途，不再使用。

八、讀者來信

讀者來信是雜誌與讀者之間直接的聯繫。「時代週刊」平均每星期有一千兩百封來信，由當中可以看出民意的一般趨向。通常來信組會選出兩打來信，予以刋登，其它則由工作人員負責回信。

雖然有絕大部分的信，是對「時代週刊」所刋登的報導提出意見，也有小部分是對週刋報導的判斷及正確性表示有疑問，在這種情形下，編輯部的研究編輯就要儘可能的幫忙查對各項資料，有必要時，也可以打詢問電給特派員。如果詢問電是由來信組發出的，必須要將電報的一分拷貝送給負責的研究編輯。

編輯枱其它的任務包括——

1.列出每篇報導的行數長度(line count)。自星期三開始，編輯枱就不斷將每篇報導的最新長度的估計，送給編輯（特別是組版編輯）及研究部主任，並註明各篇稿件的狀況，例如「尚未核閱」、「主編核閱」或「定稿」。

2.處理圖片說明，方法與處理一般文字稿手法相同。

3.每星期二早上，根據各部門送進來的報導名單列出一張總目錄。

4.自一九四〇年以來，編輯枱就存有一分「時代週刊」的合訂本，註明每一篇報導的寫稿編輯及研究編輯姓名。

5.保管寫稿格式的「編輯手册」(style book)。

6.隨時對各稿的最新情況提供消息。

來信組及編輯部的關係並非很正式的，但是卻需要密切的合作。如果給讀者的回信含混不清，必然有損「時代週刊」的信譽。而來信中若有卓越的見解或有趣的線索，也可以轉交編輯部處理。

來信組同時還替編輯部做一些公共關係。凡是對編輯部提供援助的人士，在一星期之後都會收到一封謝函和一本「時代週刊」，這便是來信組的工作。

有時研究編輯自己也動筆寫寫謝函。不過爲了避免躭誤更重要的工作起見，通常會讓來信組主理其事——研究編輯塡好一張表格，交給來信組辦理。

九、結　　語

「時代」的成功，使得世界上許多其他的民主國家裏，陸續出現了類似「時代」的新聞刋物。

一九五七年在法國創刋的「快訊」(L'Express)，和一九四七年在德國創刋的「明鏡」(Spiegel) 是歐洲兩本最著名的新聞周刋。兩者在形式上都和「時代」相去不遠，只是「明鏡」的頁數（一百五十至一百七十五頁）較「時代」要多出很多。內容方面，兩本刋物比「時代」更大膽、激烈。評論性的文章常常長達數頁。目前「快訊」的銷數是六十餘萬份，「明鏡」則高達一百十萬份，受歡迎的程度顯而易見。

除了西歐國家之外，世界上其他一些通常被視爲「較爲落後」或「較爲不民主」的地區，也有素質相當高的地域性新聞周刋。在非洲，「非洲瞭望」(Afriscope) 有四十萬份的銷數，發行地區及於許多國家。在亞洲，較具代表性的是「亞洲週刋」(Asiaweek)，在東南亞幾個國家有辦事處。它的內容也和「時代」一樣，包括了主要的地區性和國際新聞，商業與經濟，新聞界，人情趣味故事和新書介紹。它標榜爲「亞洲人自己的新聞周刋」。這兩本周刋能夠發行成功，證明深度報導也能在西方國家以外的地區吸引相當的讀者。

至於我國，近年來出版的雜誌不少，尤其「專業」和消閒性雜誌，更相繼創刋；其中也有不少是政論性的，但是與「時代」在性質上較爲接近的刋物，不但少之又少，而且一直未能形成氣候。這是什麼原因呢？是我們的讀者還沒有感到深度報導的重要性、或對之不信任；是新聞與出版界沒有一試的決心和魄力，還是我們的政治與社會條件還沒有成熟？

對以上的問題，恐怕不同的人會有不同的答案。事實上，許多問題都是沒有答案的。也許，時間自會給我們一個答覆。

四四元，兩者在形式上都和「時代」相去不遠，只是「時報」的頁數（一百五十至一百七十頁）較「時代」多出很多。內容方面，兩本刊物比「時代」更大膽，常在一些敏感的文章做深入報導。目前「時報」[illegible]「時報」的比重一直十分[illegible]，支援[illegible]兩者發展。

除了台灣雜誌之外，世界上其他一些地區也有「時代雜誌化」[illegible]也有某種相當的區域性新聞雜誌。在非洲，「非洲雜誌」(Afriscope)介紹中非洲的新動，另外地區及東南亞國家。在亞洲，較具代表性的是「亞洲週刊」(Asiaweek)，在東南亞一帶頗受歡迎。它的內容也「時代」一樣，包括重要的地區性新聞報導、評論、專欄等，有關人物、人情趣味故事和新書介紹。它的優點是以亞洲人自己的新聞觀點，重視亞洲地區的重要事務，這也是它所以能在西方來自以外的地區建立名聲的因素。

至於我國，許多本土出版的雜誌不少，尤其「時報」和「新新聞」[illegible]，但是「時代」在性質上較為接近的，少之又少，而且一直未能形成氣候。這是什麼原因呢？是我們的讀者沒有這種新聞雜誌的需要性，或對之不信任；是新聞界出現缺乏一流的人才和魄力，還是我們的政治與社會條件造成不良影響？

對以上的問題，見仁見智的人會有不同的答案。事實上，許多問題都是環環相扣的。也許，我們目前最需要的一個答案。

附錄一　「時代」的組織結構

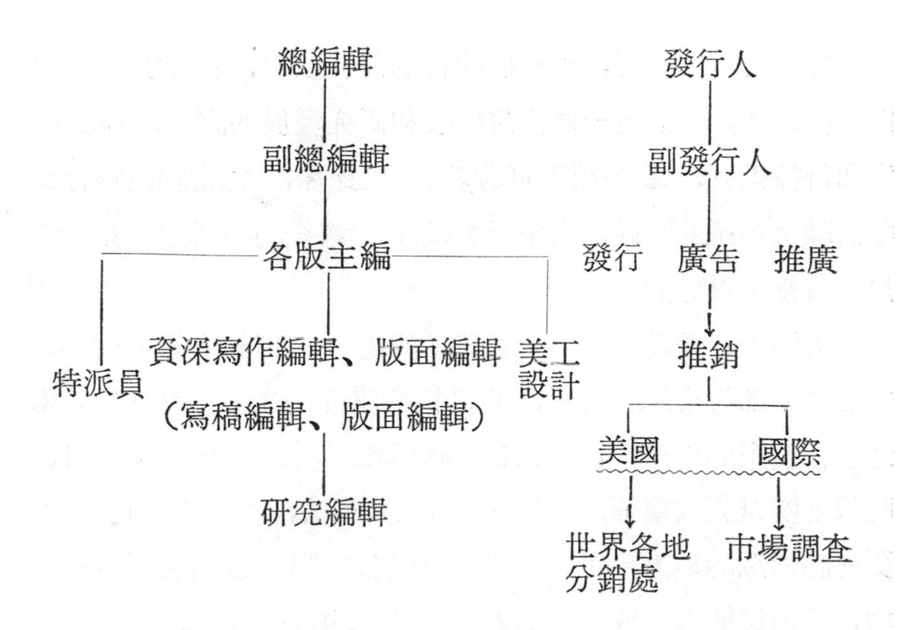
總編輯
副總編輯
各版主編
特派員
資深寫作編輯、版面編輯
（寫稿編輯、版面編輯）
美工
設計
研究編輯
發行人
副發行人
發行
廣告
推廣
推銷
美國
國際
世界各地
分銷處
市場調查

附錄二 香港財經報刊雜談

媒介的內容特徵，與一個社會的發展狀況，通常是息息相關的。比如，美國是一個注重科技和研究發展的國家，她的研究和科技期刊，就多得不可勝數。又比如，每當國內舉行某類公職增補選的時候，幾乎所有媒介，都全力報導這一類的消息。這都是很好的註脚。

大體上，香港是一個金融貿易的港口，財經金融的動態，左右了大部份市民的情緒，也是傳播媒介的主要內容之一。本地金、股市的消息，電台每日起碼播報六次，電視台二次，日、晚報則競以鉅大篇幅，報導每日的經濟行情；而各大公司行號，更每在當衆的地方，設有閉路電視或布告欄，即時報導恆生指數，供市民觀看，成為最引人「注目」的電子廣告。

不過，說也奇怪，夠水準的中文財經報刊，在香港並不多見。目前，綜合性的專業財經報刊，似乎就只有信報、明晚(半專業性晚報)、財經日報、信報財經月刊，與年資不久的每週經濟評論、財經週刊和經濟一週等七份較具影響力。❶

這七份財經報刊的內容，大致相同。要之，不外是改改名稱，來個換湯不換藥，或舊瓶裝新酒。總括起來，這七份綜合性的專業刊物，大約只有下列六類的報導，即:

---

❶ 香港亦有很專業性的中文財經刊物，如證券月刊、香港物業一週等。明顯由親共人士辦的財經刊物，則有「經濟報導」，惟銷量甚少。

一、股票：包括股市現場，上市公司分析，財務報表，散戶「自衞術」，股市實務，股市走勢，圖表知識，投資秘訣，投資面面觀，利好因素，外國股市，盈利預測等報導或方塊。

二、黃金：包括貴重金屬行情，投資策略，金市評述，市場動態等文章。

三、地產：包括投資手記、市道分析、資料專輯、地產業展望、樓價檢討等報導。

四、財經：包括稅務專欄、外滙報導、政經雜文、財經論壇和世界市場等輯錄。

五、期貨：有期貨行情、評述、入門與特稿等專欄。

六、特稿：這是比較變化多端的一個專輯。有財經名人專訪、學人專欄、工商專題、讀者來函、投資雜錦、財經新聞紀要和廣告漫談等內容。

當然，詳盡地報導本地和國外的財經新聞，是每一份報刊所刻意追求的；但爲了標示本身的權威性，這些報刊，有時也用「內幕」新聞，來吸引讀者注意，以期增加銷路。因此，差不多每份報刊都有所謂最後消息（TOP PRESS），專電、密件、警報、快訊、問題專譯、內幕消息、官場逸事等五花八門的玩意，務使讀者「疑信參半」。「路邊」消息的神秘性，確也引人入勝。當信報財經月刊創刊的時候，把每一本雜誌，都用透明的塑膠套密封起來，讓讀者試猜裏面的「葫蘆」，結果，一如馬賽貼士（TIPS）一樣，讀者就想看看內文究竟有些什麼獨家的股票貼士。影響所及，此後的報刊中，也多了諸如股市耳語、股市秘聞、心水(投機)股、易理測股市、周易卜金市前景等離「經」(財經) 叛「道」(市場)，似是而非的小品方塊，迎合讀者的心理。

在地理形勢上，香港又處於一個政治的敏感地帶，因此諸如海峽兩岸，大陸新聞、港台貿易等，亦幾乎成爲這些報刊的重點題材。太嚴肅的內容，當然會使這樣專門性的刋物過于呆板。爲了使讀者將刋物「帶回家裏去」，這些刋物也在挖盡心思地，加挿若干消費與生活的消閒小品。例如漫畫、旅遊、飲食、美容、健身、攝影、藝術、購物、賽馬、博彩以及名人投資等軟性題材，總不會爲編者所忽視。

奇怪的是，香港的勞動人口，雖然十分龐大，但有關勞工的報導，卻如鳳毛麟角，幾付闕如。因此，有人譏評香港的財經刋物，實在係爲資本家和投機者所辦的。不過縱然如是，香港財經報刋的銷數，卻並不突出；估計信報和財經日報每日銷數不會超過四萬分，而後創刋不久，已成爲後起之秀的每週經濟評論，目前仍在一萬餘大關徘徊。在這種情況之下，廣告當然也打了折扣。報紙的廣告，尙差強人意，而雜誌就不得不靠一部分的售價來支持了。所以通常約一百頁的信報月刋要賣十五港元，而三十來頁的每週經濟評論，就得賣四元一份，才足以支持。

提起廣告，香港報刋廣告，有一類財務公司的廣告，倒是國內報刋所沒有的。這些廣告，大都在招攬工商和私人客戶的存、貸款項，有時並兼營外滙買賣、票據貼現、美元存款、黃金買賣、保險業務、股票、珠寶、藝術品、樓宇的抵押，以及出入口的押滙等，項目繁多；因此有人戲稱之爲「摩登當舖」。存放款項的利率，通常比銀行略高，而最低存款額則爲港幣五萬元，分廿四小時通知，一個星期、二個星期、一個月、二個月、三個月、六個月及一年、二年、三年等期限；在利率高的時候，這種存放款項方式，頗爲大眾所歡迎。據統計，一九八一年二月，全港一百三十間財務公司，共有存款一百七十億港元，佔全部存款總額的百分之三十七。至于私人貸款方面，實在非常方便；通常只要年滿廿一歲，在現職機構服務滿一年，月薪在一至三千港元之列，卽可向財務公司申請借貸，有些公司甚至免除擔保人的規定。貸款額由五千港元至五萬港元不等，還款期最長可達三年，月息則通常在一厘二與一厘半之間浮動。

附帶一提的是，隨着財務公司的發展，各類自動提款法和信用卡亦風起雲湧。目前在香港流通的信用卡計大約有東美（East Asia Bank Amlucard)、滙豐（Hong Kong Bank)、渣打（Chartered Bank）與恆生銀行的 VISA，以及運通卡（American Express)，萬事達（Master Charge)，大來信用卡（Diner's Club)，日本信用保證卡（J. C. G. Card)，JCB 卡，OTB 卡和行通卡（Current Card）等。

自動提款卡則有滙豐的 ETC 卡，恆生銀行的恆生卡，永安銀行的 TS 卡，東亞銀行(Bank of East Asian)的東亞卡（BEA Card)，萬國寶通（花旗）銀行的萬通卡（Citicard)，法國國家巴黎銀行（BNP）的利市卡（La Carte)，與上海商

業銀行的上銀卡 (Sha Com Card) 等❷。這些膠卡，除了可以廿四小時存、提款之外，尚可作過戶和轉賬等用途；雖然有一定限額，但卻十分之方便。前些時，香港道亨銀行更推出道亨現金卡，保證一定支票額的兌現，以推廣該行的私人支票。此外，香港尚有「支票通」(Telecheck) 的國際組織，私人支票的流通，亦日益廣泛。

從較高的層次來看香港的財經報刊，也許會令人失望：在編的方面平板呆滯，不求變化；在採寫方面，晦澀不明，甚至連學者專家的文章，也會令人「不忍卒讀」。難怪有人批評說：「內行的不看，外行的看不懂」，實在是一針見血。當然，佳作還是有的，惟不常見是了。（經濟日報社務月刊第六十期）

❷ 以前親共銀行，通常不發行這些膠卡，不過在營運上，則採取十三家左派銀行聯營的方法，作爲方便客戶的手段，目前已在「改進」中。

附錄三　雜誌的明日發展

這是一個快速變動的時代。電腦、電信以及大眾傳播媒介結合發展，使得人類社會生活中的許多層面，如郵政電信、教育、企業經營與管理，以至於大眾傳播，都面臨了部分，甚至全面改觀的命運。以大眾傳播而言，電子媒介的飛速進步雖然爲人們帶來更完善的服務，卻嚴重威脅了印刷媒介的生存。自從英國在一九七〇年代末期開始實驗電子報紙，報紙的巨大改變似乎已指日可待。那麼與報紙同爲印刷媒介的雜誌在明日的世界中，又將佔據什麼樣的地位呢?

自從雜誌在十七世紀末期問世以來，雖然不是最搶眼的大眾傳播媒介，但重要性卻不容否認。以國內的情況而言，在民國七十年當中，共印行了四千多種期刊。根據出版年鑑的統計，發行數量在一萬份以上者，也有二十多種。其中不乏具有高水準的作品。

由雜誌發展的歷史軌跡來看，它之所以在今天仍然能夠與電子媒介分庭抗禮，並非沒有原因。在草創時期，雜誌的競爭對手是報紙與書刊，因此在內容上多半以一般性趣味的主題吸引讀者的注意。無論在歐洲或在美國，初期的雜誌內容大抵脫離不了政論及文藝的範圍。我國的雜誌起步較晚（一九一五年由英國傳教士馬禮遜在南洋創辦），卻在五四時期達到前所未有的高峰。「新青年」與「新潮」等雜誌不但是傳輸新觀念的重要孔道，並且事實上已成爲推動新文化運動的尖兵。在白話文的發展史上，佔據了關鍵性的地位。

但是雜誌的發展方向並非一成不變的。自從廣播與電視出現之後，電子媒介不但佔據了一般人大部分的休閒時間，並且因爲以聲音與影像取勝，很快便成爲最大眾化的娛樂與消息來源。在一九六〇年代末期，一些頗負盛名的一般性雜誌開始展現危機，甚至於遭到停刊的命運。

在印刷媒介與電子媒介第一回合的遭遇當中，雜誌雖然有傷亡，但是並沒有敗下陣來。不久，傳播學者與雜誌編輯便發現電子媒介雖然有許多長處，卻也有弱點：不方便傳輸較爲深奧的知識。另方面爲了迎合大多數人的需求，往往也不得不忽略少數人的興趣與需要。面對這種情勢，曾經研究二十世紀美國雜誌發展的皮特遜博士（Theodore Peterson）早在一九七〇年代初期便預言，雜誌將朝向專業化的趨勢發展。他認爲在未來，只有專業化的雜誌，才能繼續生存下去。

十年後的今天，我們還可以在報攤上看到少數廣受歡迎的一般性雜誌，以及承襲民初「書生論政」傳統的政論雜誌。但是除了具有特殊目的而發行的刊物之外，專業刊物的比例已較以前大爲增加。無論是關心消費者權益，或喜愛音響、汽車，以至於武俠小說的讀者，都可以找到專門爲他們編輯的雜誌。社會分工，以及生活型態的多元化，都促成了雜誌專業化的趨勢。

近年來，科技的快速發展，使得資訊系統在資訊傳輸的數量與速度上，都大爲改觀。幾年之內，有線電傳視訊（Videotext）的用戶就可以在螢光幕上，以按鍵方式取得所需要的資訊、整合數據網路（ISDN）的研究發展，更爲廿一世紀的資訊體系繪出了完整的藍圖。

電子媒介的最新發展，使印刷媒介再度面臨挑戰。首先在量的方面，印刷媒介受到篇幅的限制，所提供的資訊量與種類，無法與電子媒介抗衡。在速度方面，印刷媒介又必須經過固定的生產與運銷過程，延誤時機。有種種的限制上，展望前途，似乎並不樂觀。

但是印刷媒介眞的會消失嗎？隨著硬體系統的發展，已有越來越多人注意到資料庫及資訊提供者的重要性。無論資訊體系如何完美，最重要的，仍然是體系中所供應的資訊。隨著社會型態的演變，不但資訊的需求量加大，資訊專業化與多元化的趨勢，也將日益明顯。

嚴格地說，目前的雜誌、報紙，與廣播、電視都是資訊供應者，只不過是展現的方式不同。當印製機可以將終端機螢光幕上的資訊複製出來時，資訊展現的方式將操縱在使用者的手上。傳統的「電子」與「印刷」媒介分類法，似乎也不再具有特別的意義了。因此今日的雜誌，日後可能成爲資訊供應者，讀者可以依據他的興趣與需要，「點看」各類文章，依頁數計費。

爲了生存，雜誌曾經嘗試不同的方向。未來，或許它將嘗試以不同的面目出現，不論如何，時間將是最好的見證。

（中國論壇　第十七卷　第八期）

主要參考書目

一、中文部份

1. 文生（民五六）：「亨利魯斯其人其事」，報學，第三卷第八期（六月號）。臺北：中華民國編輯人協會。

2. 李瞻合著（民五七）：美國近代雜誌事業概論。臺北：臺北市新聞記者公會。

3. 李瞻（民七四）：世界新聞史，增訂八版。臺北：三民書局。

4. 馬驥伸（民七三）：雜誌。台北：允晨文化實業公司。

5. 程之行譯（民七四）：亨利魯斯傳。台北：遠景出版事業公司。

6. 邱海嶽譯（民六十）：「雜誌王國的締造者——魯斯和華萊士」，報學，第四卷第六期（六月號）。台北：中華民國新聞編輯人協會。

7. 陳孟堅（民五六）：「魯斯與——『時代』『生活』」，報學，第三卷第八期（六月號）。臺北：中華民國新聞編輯人協會。

二、英文部份

1. Elson Robert T.

1968 *Time Inc.: The Intimate History of a Publishing Enterprise, 1923-1941.* Volume I. N. Y.: Atheneum.

2. Emery, Edwin.

1972 *The Press and America,* 3rd edition. Englewood Cliffs, N. J.: Prentice-Hall.

3. Halberstam, David.

1979 *The Powers That Be.* N. Y.: Alfred A. Knopf Inc.

4. Jessup, John K. (ed.)

1968 *The Ideas of Henry Luce.* N. Y.: Atheneum.

5. Mott, F. Luther

1968 *A History of America Magazines.* Cambridge, Mass.: Harvard University Press.

6. ———

1962 *America Journalism.* N. Y. MacMillan.

7. ———

1952 *News in America.* Cambridge, Mass.: Harvard University Press.

8. Peterson, Theodore.

1964 *Magazines in the Twentieth Century,* 2nd. edition. Urbana, Ill.: University of Illinois Press.

9. Tebbel, John.

1969 *The American Magazine: A Compact History.*

N. Y.: Hawthorn.

10. Swanberg. W. A.

1972 *Luce and His Empire.* N. Y.: Scribner's.

11. Walseley, Roland E.

1973 *The Changing Magazine.* N. Y.: Hastings House.

12. Walseley, Roland E.

1969 *Understanding Magazines'* 2nd edition. Ames, Iowa: Iowa State University Press.

13. Wood, James P.

1971 *Magazines in the United States,* 3rd edition. N. Y.: Ronald Press Co.

滄海叢刊已刊行書目(一)

書名	作者	類別
國父道德言論類輯	陳立夫	國父遺教
中國學術思想史論叢(一)(二)(三)(四)(五)(六)(七)(八)	錢穆	國學
現代中國學術論衡	錢穆	國學
兩漢經學今古文平議	錢穆	國學
朱子學提綱	錢穆	國學
先秦諸子論叢	唐端正	國學
先秦諸子論叢(續篇)	唐端正	國學
儒學傳統與文化創新	黃俊傑	國學
宋代理學三書隨劄	錢穆	國學
莊子纂箋	錢穆	國學
湖上閒思錄	錢穆	哲學
人生十論	錢穆	哲學
中國百位哲學家	黎建球	哲學
西洋百位哲學家	鄔昆如	哲學
比較哲學與文化(一)(二)	吳森	哲學
文化哲學講錄(一)(二)(三)(四)	鄔昆如	哲學
哲學淺論	張康	哲學
哲學十大問題	鄔昆如	哲學
哲學智慧的尋求	何秀煌	哲學
哲學的智慧與歷史的聰明	何秀煌	哲學
內心悅樂之源泉	吳經熊	哲學
哲學與宗教(一)(二)	傅偉勳	哲學
愛的哲學	蘇昌美	哲學
是與非	張身華譯	哲學
語言哲學	劉福增	哲學
邏輯與設基法	劉福增	哲學
知識・邏輯・科學哲學	林正弘	哲學
中國管理哲學	曾仕强	哲學

滄海叢刊已刊行書目（二）

書名	作者	類別
老子的哲學	王邦雄	中國哲學
孔學漫談	余家菊	中國哲學
中庸誠的哲學	吳怡	中國哲學
哲學演講錄	吳怡	中國哲學
墨家的哲學方法	鐘友聯	中國哲學
韓非子的哲學	王邦雄	中國哲學
墨家哲學	蔡仁厚	中國哲學
知識、理性與生命	孫寶琛	中國哲學
逍遙的莊子	吳怡	中國哲學
中國哲學的生命和方法	吳怡	中國哲學
儒家與現代中國	韋政通	中國哲學
希臘哲學趣談	鄔昆如	西洋哲學
中世哲學趣談	鄔昆如	西洋哲學
近代哲學趣談	鄔昆如	西洋哲學
現代哲學趣談	鄔昆如	西洋哲學
思想的貧困	韋政通	思想
佛學研究	周中一	佛學
佛學論著	周中一	佛學
現代佛學原理	鄭金德	佛學
禪話	周中一	佛學
天人之際	李杏邨	佛學
公案禪語	吳怡	佛學
佛教思想新論	楊惠南	佛學
禪學講話	芝峯法師	佛學
圓滿生命的實現（布施波羅蜜）	陳柏達	佛學
絕對與圓融	霍韜晦	佛學
不疑不懼	王洪鈞	教育
文化與教育	錢穆	教育
教育叢談	上官業佑	教育
印度文化十八篇	糜文開	社會
中華文化十二講	錢穆	社會
清代科舉	劉兆璸	社會
世界局勢與中國文化	錢穆	社會
國家論	薩孟武譯	社會
紅樓夢與中國舊家庭	薩孟武	社會
社會學與中國研究	蔡文輝	社會

滄海叢刋已刋行書目 (三)

書名	作者	類別
我國社會的變遷與發展	朱岑樓主編	社會
開放的多元社會	楊國樞	社會
社會、文化和知識份子	葉啓政	社會
臺灣與美國社會問題	蔡文輝 蕭新煌 主編	社會
日本社會的結構	福武直 著 王世雄 譯	社會
財經文存	王作榮	經濟
財經時論	楊道淮	經濟
中國歷代政治得失	錢穆	政治
周禮的政治思想	周世輔 周文湘	政治
儒家政論衍義	薩孟武	政治
先秦政治思想史	梁啓超原著 賈馥茗標點	政治
憲法論集	林紀東	法律
憲法論叢	鄭彥棻	法律
師友風義	鄭彥棻	歷史
黃帝	錢穆	歷史
歷史與人物	吳相湘	歷史
歷史與文化論叢	錢穆	歷史
歷史圈外	朱桂	歷史
中國人的故事	夏雨人	歷史
老臺灣	陳冠學	歷史
古史地理論叢	錢穆	歷史
秦漢史	錢穆	歷史
我這半生	毛振翔	歷史
三生有幸	吳相湘	傳記
弘一大師傳	陳慧劍	傳記
蘇曼殊大師新傳	劉心皇	傳記
當代佛門人物	陳慧劍	傳記
孤兒心影錄	張國柱	傳記
精忠岳飛傳	李安	傳記
師友雜憶 八十憶雙親 合刋	錢穆	傳記
困勉强狷八十年	陶百川	傳記

滄海叢刊已刊行書目 (四)

書名	作者	類別
中國歷史精神	錢穆	史學
國史新論	錢穆	史學
與西方史家論中國史學	杜維運	史學
清代史學與史家	杜維運	史學
中國文字學	潘重規	語言
中國聲韻學	潘重規 陳紹棠	語言
文學與音律	謝雲飛	語言
還鄉夢的幻滅	賴景瑚	文學
葫蘆・再見	鄭明娳	文學
大地之歌	大地詩社	文學
青春	葉蟬貞	文學
比較文學的墾拓在臺灣	古添洪 陳慧樺	文學
從比較神話到文學	古添洪 陳慧樺	文學
解構批評論集	廖炳惠	文學
牧場的情思	張媛媛	文學
萍踪憶語	賴景瑚	文學
讀書與生活	琦君	文學
中西文學關係研究	王潤華	文學
文開隨筆	糜文開	文學
知識之劍	陳鼎環	文學
野草詞	韋瀚章	文學
現代散文欣賞	鄭明娳	文學
現代文學評論	亞菁	文學
當代臺灣作家論	何欣	文學
藍天白雲集	梁容若	文學
思齊集	鄭彥棻	文學
寫作是藝術	張秀亞	文學
孟武自選文集	薩孟武	文學
小說創作論	羅盤	文學
往日旋律	幼柏	文學
現實的探索	陳銘磻編	文學
金排附	鍾延豪	文學
放鷹	吳錦發	文學
黃巢殺人八百萬	宋澤萊	文學

滄海叢刊已刊行書目(五)

書名	作者	類別
燈下燈	蕭蕭	文學
陽關千唱	陳煌	文學
種籽	向陽	文學
泥土的香味	彭瑞金	文學
無緣廟	陳艷秋	文學
鄉事	林清玄	文學
余忠雄的春天	鍾鐵民	文學
卡薩爾斯之琴	葉石濤	文學
青囊夜燈	許振江	文學
我永遠年輕	唐文標	文學
思想起	陌上塵	文學
心酸記	李喬	文學
離訣	林蒼鬱	文學
孤獨園	林蒼鬱	文學
托塔少年	林文欽編	文學
北美情逅	卜貴美	文學
女兵自傳	謝冰瑩	文學
抗戰日記	謝冰瑩	文學
我在日本	謝冰瑩	文學
給青年朋友的信(上)(下)	謝冰瑩	文學
孤寂中的廻響	洛夫	文學
火天使	趙衛民	文學
無塵的鏡子	張默	文學
大漢心聲	張起鈞	文學
回首叫雲飛起	羊令野	文學
康莊有待	向陽	文學
情愛與文學	周伯乃	文學
湍流偶拾	繆天華	文學
文學邊緣	周玉山	文學
大陸文藝新探	周玉山	文學
累廬聲氣集	姜超嶽	文學
實用文纂	姜超嶽	文學
林下生涯	姜超嶽	文學
材與不材之間	王邦雄	文學

滄海叢刊已刊行書目(六)

書名	作者	類別
人生小語(一)(二)	何秀煌	文學
印度文學歷代名著選(上)(下)	糜文開	文學
寒山子研究	陳慧劍	文學
孟學的現代意義	王支洪	文學
比較詩學	葉維廉	比較文學
結構主義與中國文學	周英雄	比較文學
主題學研究論文集	陳鵬翔主編	比較文學
中國小說比較研究	侯健	比較文學
現象學與文學批評	鄭樹森編	比較文學
記號詩學	古添洪	比較文學
中美文學因緣	鄭樹森編	比較文學
比較文學理論與實踐	張漢良	比較文學
韓非子析論	謝雲飛	中國文學
陶淵明評論	李辰冬	中國文學
中國文學論叢	錢穆	中國文學
文學新論	李辰冬	中國文學
分析文學	陳啓佑	中國文學
離騷九歌九章淺釋	繆天華	中國文學
苕華詞與人間詞話述評	王宗樂	中國文學
杜甫作品繫年	李辰冬	中國文學
元曲六大家	應裕康 王忠林	中國文學
詩經研讀指導	裴普賢	中國文學
迦陵談詩二集	葉嘉瑩	中國文學
莊子及其文學	黃錦鋐	中國文學
歐陽修詩本義研究	裴普賢	中國文學
清眞詞研究	王支洪	中國文學
宋儒風範	董金裕	中國文學
紅樓夢的文學價值	羅盤	中國文學
中國文學鑑賞舉隅	黃慶萱 許家鶯	中國文學
牛李黨爭與唐代文學	傅錫壬	中國文學
浮士德研究	李辰冬譯	西洋文學
蘇忍尼辛選集	劉安雲譯	西洋文學

滄海叢刊已刊行書目(七)

書名	作者	類別
文學欣賞的靈魂	劉述先	西洋文學
西洋兒童文學史	葉詠琍	西洋文學
現代藝術哲學	孫旗譯	藝術
書法與心理	高尚仁	藝術
音樂人生	黃友棣	音樂
音樂與我	趙琴	音樂
音樂伴我遊	趙琴	音樂
爐邊閒話	李抱忱	音樂
琴臺碎語	黃友棣	音樂
音樂隨筆	趙琴	音樂
樂林蓽露	黃友棣	音樂
樂谷鳴泉	黃友棣	音樂
樂韻飄香	黃友棣	音樂
色彩基礎	何耀宗	美術
水彩技巧與創作	劉其偉	美術
繪畫隨筆	陳景容	美術
素描的技法	陳景容	美術
人體工學與安全	劉其偉	美術
立體造形基本設計	張長傑	美術
工藝材料	李鈞棫	美術
石膏工藝	李鈞棫	美術
裝飾工藝	張長傑	美術
都市計劃概論	王紀鯤	建築
建築設計方法	陳政雄	建築
建築基本畫	陳榮美 楊麗黛	建築
建築鋼屋架結構設計	王萬雄	建築
中國的建築藝術	張紹載	建築
室內環境設計	李琬琬	建築
現代工藝概論	張長傑	雕刻
藤竹工	張長傑	雕刻
戲劇藝術之發展及其原理	趙如琳	戲劇
戲劇編寫法	方寸	戲劇